戀戀食光

周姚萍——著

戀戀食光

輯二 念念旅途

Brighton
Colorado USA
WASHINGTON USA
London & Wellington
Lubbock Texas

輯三 戀戀食光

推薦序——

一封諸味俱足的邀請函

上下游副刊總編輯　古碧玲

「是個能體現所有經驗的知者」，這是「薩滿」的定義，周姚萍應該就是個薩滿。少時攀上兒童文學創作的路程，周姚萍一路踅行於字田，浮泳於字海，谷歌她的著作，長長一串，翻好幾頁翻不完。可能早就等身了，我猜。

周姚萍很瘦，看起來很小，同去南法旅行的主廚，也就是本書有幾篇提到的主廚蘇菲稱她為「迷你馬」。她探索世界也有迷你人——小孩（這樣說，肯定會被某些開明教育人士出征）的嶄新目光，不只渴盼於求知，更有還沒被嚇大的孩子們遇到新鮮事時，非要撩下去體驗，尤其是食物，發現她絕不吝於嘗嘗看，哪管它舌感口感嗅覺視覺有「出奇蛋」的效果。

在全世界已無「一個從未被血肉之軀注視過的新地域」，周姚萍的視界筆下卻鮮味奇人妙景不斷，路途與領悟一逕是新的。讀她的散文，令我懷念起與湊合不同來路旅伴的南法之旅，其中成員之一是周姚萍，儘管沿途發生過一些當下有點困惱的鳥事。

被疫情戛然而止的各種旅程計畫，不時點開手機望梅止渴，滑到那年南法行的照片。經時間釀漬後，彼時視為惱人的鳥事化成有滋有味的回憶，把鳥事傾倒在以好事為鍋底的陶鍋裡，文火微焰，烹調出一鍋七味俱足的豐腴菜餚。此刻，懂她為何把書名定為《戀戀食光》，不只是飲食，而是其中的人事物若旺火武火文火烈炒慢燉後，都在她的書寫下，諸味醇厚，灼灼發光。飲食文學、旅遊文學、植物書寫，有千百種面貌，前人寫過不知凡幾，能否別出心裁，存乎作家的心與眼。讀過她的一本《換換》著作後，我決定請寫過等身高的兒童文學作品的周姚萍，位移到散文書寫這塊字田。果然再平凡的人事物，被她寫來彷彿孩童悠然自得於水中，她運用文字的功力若天成的優雅泳姿，毫無拘束地飄盪浮沉其間，變成一個個新的存在。

第一篇〈尋找春日野花園〉，讀者幾可從文中看見周姚萍偕友人蹲在臺北植物園的野花園前，逐一辨識那些被她形容得呼之欲出的野花模樣，「時時去，幾乎都是既定模樣。因為野，有了自由，有了時刻變化」，讀了好想即刻動身去瞧瞧臺北植物園的野花園現時長成什麼樣？也甚喜歡她把自己化作與野草花對話的小精靈，不著痕跡地讓「雜草」反駁無用之用的功利思維，「雜草」一點也不雜。

珠玉般的文字裡更偷渡了知識。她的書寫，會叫人想起初戀時，戀人和你喁喁私語，他或她把所見所聞倒給天地間眼下唯一最重要的對象，具音樂性的語言詞彙聲音流淌過你的心，多巴胺則在大腦中汩汩分泌著，讓你像嘴裡含著奶奶買的糖霜甘納豆、糖霜大紅豆般，想著：「拜託別化掉太快吧。」甚至一如她那位懂吃會煮移徙來臺的香港友人，逛遍臺灣各傳統市場、小農市集、超市，聞行動菜車的叫賣喇叭聲，非跟著大喊：「我要去！」

周姚萍常常在國內國外旅途路上，或離家一兩小時距離的短程市集裡，她寫作風格固然迥異於尖銳反諷極具穿透力的美國旅遊文學家保羅．索魯（Paul Theroux），但她的物理位置狀態頗似亞馬遜藥草師對索魯說的：「你的心一半在這裡，一半在家裡。」她一會兒從海岸山脈與太平洋之間的阿美族部落喝完入口苦回甘十足的藤心湯，混在穿著傳統服飾的族人間，學著踩踏接地氣的舞步，感知身兼農夫、獵人、漁人、採集者等身體重心下沉的種種勞動。一會兒又回到家離水邊那麼近的北臺灣新莊堤岸、街市上，跟著她的步履，坐下來點一碗湯米苔目，「豬大骨熬製的白湯，融著柔白米苔目，上頭漂有少許紅蔥頭及芹菜末。舀一匙入口，清甜湯頭包裹著滑順米苔目，紅蔥頭及芹菜香則衝破包裹，溢滿口中、滲入鼻息。」

想必姚萍的行路紀錄已超過萬里，《戀戀食光》讓我們不必離開身處之處，就能想像自己跟在她身後，手握通往全世界的機票與各種門票票券，但姚萍肯定希望你不要僅是「坐擁」而已。她看過日本屋久島的七千多歲的繩文杉；走跳於流水淙淙的層疊卵石間……走入三百多年前遭砍伐，呈中空狀態的斷株中，側耳聞湧泉潺潺……見到潮溼倒木上飽含水滴的東亞指葉苔、狀如柔氈的絨苔……滿桌鹿兒島鄉土料理，滿滿海味，最搶眼的莫過於華麗的酥炸飛魚。不是只有蘭嶼有飛魚祭，江戶時代開始捕飛魚的屋久島也有鬧熱的「春牧飛魚祭」。

曾梭行於那些旅遊地區，無論是英國的林茅斯與林頓、倫敦、霍特斯密，行走高地荒原間，再奔往東京被炸物的香給爆裂了歡呼了，東京大學侘寂的三四郎池秋色，在德國上百成千僅服務所在地的小區域範圍的中型有機農場，箇中描述的飲食無不透過高明的烹煮手法，周姚萍藉筆在在刻劃出令人垂涎的節制，食光悠悠，風土千秋。

花了好些篇幅寫了南法土地的富饒，走筆至此，周姚萍擁有大象般的記憶，勾起我許多已渲染開逐漸變淡的記憶。

猶記得那日上午我們欲前往卡卡頌途中，走逛穿行市集，五彩斑斕的當令蔬果拖慢眾人的腳步，更有一攤全是櫻桃，黑紫的、深紅的、紅的、粉的、白的，林林總總共八類。廚娘朋友蘇菲一口氣全買了。於是，我們一路走，一路吃，甜的、酸的、微澀的、略苦的，軟嫩的、脆口的、飽滿的……簡直嘗盡南法土地的富饒。

而麵包師傅紀永全家把房間讓出來給我們一行人，一家五口擠在客廳沙發上。儘管環境遠不如飯店清爽舒適，可是你永遠不會忘卻那個無邊際的「庭院」裡的盪鞦韆、軒亭腳下的豔紅虞美人花、父親親手為孩子打造的小木屋以及一棵季末猶掛著鮮果的櫻桃樹、善體人意不過九歲的大兒子一直被忽略他的需要……紀永與來取經的廚娘蘇菲凌晨兩點半就已起床，往赴紀永的麵包店，挽袖製作麵包。當紀永和蘇菲捧著現做窯烤麵包現身的情景，繞著兩百年老屋脊梁的老麵麵包香氣，眾人差點在早餐時就把兩餐分量的麵包橫掃個精光。在波爾多德斯克酒莊的大樹下，現烤牛肉與牡蠣，佐著宛如新鮮牡蠣味的葉子，追逐在主人家養的、叫聲淒厲的公孔雀身後，只為撿拾一支寶石紋路的羽毛的記憶盒蓋，被她的書寫逐一打開了。

轉向香江老醬園、北京豐食麵點、里斯本、澎湖、馬祖、加拿大……周姚萍又寫果皮釀、寫鹹粥、寫麵包、寫海風催化的乾物，寫她親手製作天貝時，用來養天貝的紙箱曾是樹，確確實實有了記憶般，自然如同記得風、記得陽光、記得雨水般，記住了溼氣，留存於身體中。

在這靠虛擬體驗萬物的時代，周姚萍憑藉著走過的每一步，寫下每一字，催促我們動身，無所忌憚地啟動我們的感官去體驗，即便在你家附近，色彩、氣味和聲音浮動的街市上，每一寸縷都可以給予我們在異地旅途般的新發現。

是薩滿的呼朋引伴，是周姚萍發出邀請函，把令她深深著迷的看見的聽見的嗅聞到的，邀讀者跟她一起來戀戀食光，你我，可願意嗎？

輯一

親親自然

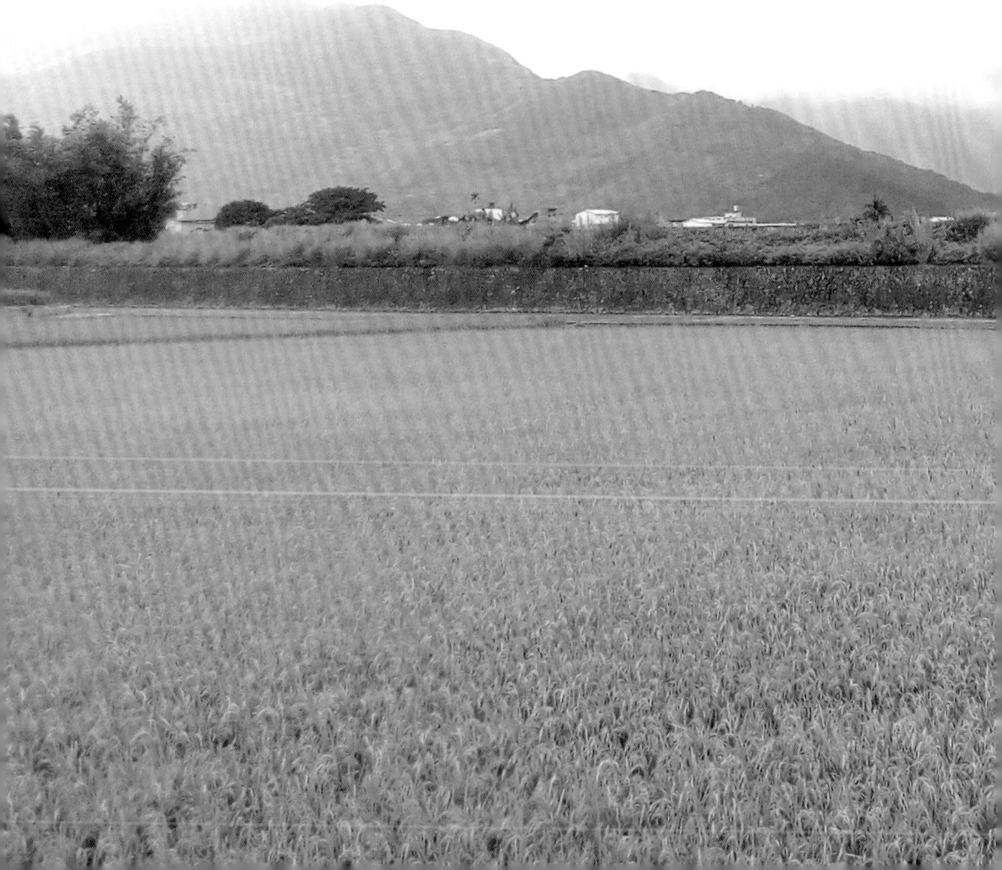

1 尋找春日野花園

宮崎駿的動畫作品中，我最愛《龍貓》，想來是愛那有著田野、森林、花草的鄉間景致，也愛那融合日本民間故事中狐狸、狸貓形象，同時加入宮崎駿想像變形而成的巨大龍貓。

動畫相當經典的一幕，是大雨中的公車亭，龍貓頭頂一片綠葉，陪著小月、小梅等公車。看來與姑婆芋頗為相似的植物，是日本鄉間的春日野菜，會從地下莖長出多株葉柄，葉柄擎著帶裂口、邊緣呈細齒狀的圓大葉片，整株植物可長得比人高。

日本人慣常以它早春的花莖煮味噌湯，或炸天婦羅、做涼拌菜，葉柄則用以燉煮、炒食。它的日文漢字是「蕗」、「苳」、「菜蕗」或「款冬」。

款冬！

那日，在臺北植物園的「野花園」，初次與款冬相遇！約莫巴掌般，尚且生得小小的葉片，呈一簇狀，幾近貼伏地面；在臺灣，它被稱為蜂斗菜。

野花園中，還有許許多多不識得的植物：彷若只要一絲微風邀約，就要款擺起輕柔粉紫舞裙的巴陵石竹；以細巧小花撐起一支支潔白花傘的細葉零餘子；臣服於大地、尚未長出亮黃花朵的臺灣蒲公英；葉尾帶刺、淺紫頭花恣意茂生，很有些個性的華薊……

不僅我，同行朋友也不識得，紛紛問著：

「這是什麼呀？」

「咦？是蒲公英嗎？這蒲公英怎麼這麼低調！」

「蜂斗菜？哪幾個字？怎麼寫呀？」

約莫兩週後，再訪野花園，果然野呀！不似尋常花園，時時去，幾乎都是既定模樣。因為野，有了自由，有了時刻變化：臺灣蒲公英已拔高，挺立著明麗花朵；一枝獨秀的華薊呼朋引伴組成「毛毛頭天團」；原本完全被忽視的一堆「草」，開出色澤粉嫩的島田氏雞兒腸，頓成一角清雅景致。

島田氏雞兒腸、蜂斗菜、巴陵石竹、細葉零餘子、華薊、臺灣蒲公英等植物，過去都是臺灣鄉野水澤邊常見的野花草，也常為人們利用。

好比蜂斗菜，是賽德克族的民族植物，以往族人上山打獵，常食用它用以止渴；好比華薊，居住在高雄小林村的大武壠族人，若於山上巧遇，便會採回洗淨根莖，曬乾後熬湯或泡茶；好比細葉零餘子、臺灣蒲公英也都各具藥效。

然而，由於「野」，愈來愈精進的文明帶人遠離了它們；失去與人的生活連結，這些花草也失去名字，進而失去生存環境，如今，許多都成了易危、瀕危物種。

這個春天，我開始學習找回野花草的名字。

在拜訪野花園之前的初春，我透過「七草羹」尋知了一些。

日本人會在人日節烹煮「七草粥」食用。七草，是指水芹菜、薺菜、鼠麴草、繁縷、寶蓋草、蕪菁、白蘿蔔，不過，各地方種類稍有差異，主要取初春生長的在地植物。

古時中國傳說女媧造蒼生，初一造雞，初二造狗，初三造豬，初四造羊，初五造牛、初六造馬、初七造人，初八造穀。初七因此被定為人日節。到了西漢，人們依照萬物被造出的日子，替雞、狗、豬、羊、牛、馬、人、穀預測新年運勢，假使天氣清明便為吉兆。唐朝時，人日節當天要吃「七菜羹」，以求無病息災、加官晉爵。這個風俗在奈良時代傳到日本，於是有了摘採春日新生野菜食用，以獲得旺盛生命力的習俗，並會熬煮「七種穀物粥」。後來，「七種穀物粥」轉變為「七草粥」。

日本原採農曆，後來改採新曆，過西元新年，吃七草粥因而變為新曆一月七日

島田氏雞兒腸

巴陵石竹

的習俗。這些春日野地新生的植物，正巧可撫慰新年因暴食而虛弱的腸胃，並補充體內不足的維生素，帶來調節身體的功效。

七草粥的烹煮有一定程序，比如關東地區的做法，要在一月六日晚上準備好七草放在砧板上，一邊唱著「七草除穢　唐土的鳥兒東渡前　嘶咚咚咚咚」此般歌謠，一邊用刀背敲著七草。

歌謠主要的意思是：自中國飛來的鳥兒會帶來病蟲害，危及作物生長，因此要有所應對，倘若鳥群終究飛抵，便以聲響驚嚇促其飛回。

至於為何不「切」，乃由於人們認為「切」帶有殺生之意，不宜於新年伊始與此惡兆，而邊唱歌邊「敲」，則能引出七草的精粹與活力。依此傳統方式備好材料，待一月七日早上煮好粥，入食材與鹽巴成七草粥，就作為當天早餐。

今年初春，野草新生之時，我們一群人熬煮七草羹共食，所採集七草為：山芹菜、艾草、鼠麴草、鵝兒腸、昭和草、雷公根、龍葵等。

龍葵得摘除果子，果子熟甜者可食，青澀者不宜，以免腹瀉。每種植物皆揀去枯葉、摘除根部及粗澀處，接著一一清洗、剁碎；其中昭和草由於葉子所含鉀離子較高，洗淨後需先汆燙。

處理食材期間，鍋中加水，入薑片熬煮，待食材完備，差不多是入鍋時刻，先放纖維較粗者如龍葵，續放次耐煮者直到最後，接著入小魚乾，微微勾芡，灑點鹽花，便可享用。

微涼的初春，喝一碗七草羹，來自野地的各種滋味調合成一脈溫潤、清新，滑入喉間時，感覺到春日野氣息融進身體成了其中一部分。

不知是否因為身體裡有了野春天，在繁花處處的這個季節，我自停駐於櫻花、流蘇、苦楝樹下癡望它們的美，見著杜鵑、木棉亦睜大晶晶亮亮的眼，卻更貪戀找尋春日野花園。

這花園不知在何處，卻可能在何處皆得尋。

於中正紀念堂肯氏南洋杉步道後方草地，尋得艾草、蛇莓、小金英、紫花酢漿草的細巧野花園。

到桃園訪友，在她工作的農場外，結著紅果子的七里香綠籬旁，尋得紫花霍香薊與黃鵪菜的娉婷野花園。

前往淡水時，在多田榮吉故居側邊小路的灰泥牆頭，尋得大花咸豐草的壯美野花園。

一個個都是獨春日某時刻所有，亦是獨我一人所有、美麗無盡的野花園。

2 雜草

我問小金英：為什麼你那麼自在呢？
小金英答：咦？你的自己不在嗎？跑哪兒去了呢？

行道樹下，小金英的花兒隨風奔放跳躍；牆上，鐵線草從小小縫隙迸出線條強烈的綠意；小徑旁，昭和草、紫花酢漿草、黃鵪菜儘管灰頭土臉，卻氣勢逼人一路迤邐。

走路時，我的眼光常為雜草停駐。

因為羨慕它們如此強韌吧！只要有丁點泥土，迎著風、迎著雨、迎著陽光，便悍然而生。

因為羨慕它們如此自在吧！美也好，醜也好，有人稱讚也罷，備受忽視也罷，又何需管呢？

大花咸豐草

我很難有那般強悍的自在。

人一生的追尋，最終不過「自在」，只是夾纏於人際網絡中，「自在」不免得靠旁人得證，頂多訂下的證明標準不同而已，於是，它往往成了萬千螢光中的一點，迷心晃眼間，太易錯認、太難企及。

而雜草卻有著那麼純然的自在！

「自在」、「悍然」、「強韌」，是我對雜草的深深印象，後來又因一位女農朋友的轉譯，加上了「溫柔」。

那年，不過一月，卻已大寒，一日去看老同學畫會所辦展覽，回程在臺北車站前候車，舉頭張望，對面建築掛設的時間及溫度顯示器，溫度該欄，閃著亮橘色、大大一個0°C。我都裹上胖胖羽絨衣，加毛毛圍巾、毛毛帽、厚絨啞巴手套，牙齒依舊打架不止。回到家，管理員像小孩似的，興奮對我說：「下雪了，外面的車子都積雪了。」其實並非雪，那紛紛霏霏的，該是冰霰。

寒凍造成農損嚴重，然數日後我前往市集，女農朋友攤位上綠的綠、紅的紅，紫的紫、黃的黃，依舊被色澤飽滿的蔬菜給擠滿。她也像孩子興奮，「我告訴你，我都沒除草，結果雜草替蔬菜擋冰霰、保暖，救了這些菜的命。」

原來，雜草能以強悍作溫柔，發揮恁大作用！

我問大花咸豐草：你覺得自己有用？還是沒用？

大花咸豐草答：管那麼多幹麼？只要蝴蝶、蜜蜂都愛我，我也愛蜜蜂、蝴蝶，那就夠了。

人們對雜草，大抵視而不見，要不就想除而殆盡，只因認定它們沒用，但真是如此嗎？

一日，我到河濱公園散步，翠鳥比箭還精準地往水中石頭飛射而去；樹上鳥囀活脫脫的大珠小珠落玉盤；白尾八哥在草地或悠然散步，或蹦跳啄食。仔細看，各有風格的野生植物，如大花咸豐草、白花三葉草、雷公根等，已在原有人工草坪展露壓倒性之姿。

遠遠望見一位婦人趴在地上不知搜尋什麼，趨前好奇問道：「請問您在找什麼？」

「一葉草。」婦人微微抬頭答道。

「用來曬乾泡茶喝嗎？」

「對，也可以放進烤箱烤乾。上次朋友來作客，我將一葉草烤乾，擺在白飯上，她說酥酥香香的，很像海苔，非常好吃。」

芸香

據傳網路小道消息誇大一葉草效用，引起一陣採集熱，不過婦人說，她小時候，母親就會採集一葉草回家運用，所以早熟知這種藥草。

原本的陰天，霎時雲開光來，婦人露出稍帶苦惱的表情說：「這樣太亮了，很難找。」意思是光亮包裹了草地所有層次的綠與線條，令人難辨目標物。

其實，先前陽光尚未以其鋥亮抹去細節時，我看半天，也沒找到一株自營養葉葉柄若劍出鞘般伸出孢子囊穗的一葉草。

過往，由於醫藥不發達、不普及，農村的人們生了病，往往自行採集藥草醫治，困窘的經濟，也讓他們懂得以野生植物為餐桌添色增香。那時，每種草的名字都清清楚楚記在大家心中。

然而時空轉換，有用變無用，那些野生植物漸漸失去名字，徒留一個「雜草」通稱。

只是，仍有人能一一指認，並溫柔待之。

我問車前草：你也愛溫柔共生吧？

車前草答：那什麼？我就只是好好活著而已呀！

一次，我到新竹油羅田。那裡，有群人於母蛙產卵期守護青蛙媽媽過馬路，因而發現附近總被噴灑大量除草劑，毀了生態，逼仄了青蛙生存。後來，他們花費好大一番力氣向地主租下休耕地，開始友善耕作。

來到田間，我驚詫這是菜園嗎？明明野花園吧？茴香的簇簇黃花隨風跳曼波；尚未採收的茼蒿已拔高，頂著豔黃加嫩黃的漸層花；百香果的時鐘花隨指針挪移應時開了。還有哪，似以最細彩筆勾勒的車前草小白花、精巧剪紙般的蛇莓小黃花、如粉彩輕描的紫花霍香薊霧裡花……全陪著蝶兒蜂兒高高低低、忽前忽後舞在視線中。

溫習這群人的初衷，就在不願殺草劑殺得生態片甲不留，霎時明白，他們自要溫柔對待雜草。

他們，真的很溫柔，乘風而來的、搭鳥兒或動物便車來的、自立自強彈射而來的、隨波逐流來的，只要種子落地長起，幾不拔除。於是，這些草兒也反饋以溫柔——覆成草毯，為土地保溼；引來食蟲成為害蟲天敵；以根部共生菌幫作物抵擋病蟲害。而天寒保暖，溽暑遮陽，更不必說。

只是有些草兒或出於先前惡環境所逼，盛氣難滅，迫促了其他植物的空間。對此，他們亦從不趕盡殺絕，只摘採適量，曬乾後留於原地化為肥分，抑或透過巧思變身為盤中飧，好比以大花咸豐草嫩葉煎蛋、炒肉絲；用車前草裹火鍋肉片再沾粉酥炸、把紫花酢漿草製成爽口酸醬。而美食入了肚腹，便有新氣力，能繼續好好對待這片環境、這片土地、這片草。

著實太溫柔了！

那天，我們品嘗到野草煎餅。昭和草、魚腥草、火炭母草、車前草、大花咸豐草、野莧、山芹菜，一起剁碎後和入麵粉做成大圓餅，煎得外酥內軟；鬆軟內層中，絲絲縷縷盡是翠綠的溫柔、共生的滋味。

一口入魂，自在！足矣！

3 稻禾

隨著女農的腳步自林中走出，踏上田埂，站在青碧稻田前，我心裡忍不住喊著：「你們好啊！你們好啊！你們好啊！」這片田，正是餵養我多年的田！田裡稻禾長得如此蓬蓬勃勃、歡歡快快！

或許，我慣常了寫童話，因此慣常了擬人化，卻真心相信它們是歡快的，因為有鼠麴草、龍葵等植物，隨季節變換落腳田壟當鄰居，又有地底爬的臺灣鼴鼠、蚯蚓，天上飛的螢火蟲、蜻蜓等生物，親親愛愛來作伴。

這片田，座落於彰化溪州的臺灣原生種樹林「純園」周邊。

純園的所在，原為詩人吳晟的田地。詩人深感樹木與人的關係至為緊密，偏偏在開發主義下不斷遭砍伐，加上人們性喜隨潮流種植櫻花等外來樹種，限縮了原生種樹木生長空間，於是他開始在田土上改種臺灣闊葉一級木，用多年時間孕育出一座小森林。後來，中部科學園區要從溪州等地農田的灌溉水源「莿仔埤圳」搶水，

農民經過抗爭，守住水源，吳晟老師的女兒——作家吳音寧，又以純園為生態復育基地中心，用保價收購的方式，結合農友轉為友善耕作，成就這片生機盎然的稻田。

然而，收成第一年，由於缺乏知名度與通路，稻穀堆得像山高，根本賣不出去，團隊成員發愁了，拚盡全力想辦法。我於講座中聽到這故事，隨即成為粉絲，長期訂購，一晃眼多年，終於有機會走入純園，見到這片田，並在林間享用好米及好農產烹煮的美食。

林間野宴以綴上手釀鹽麴、味噌的三色米丸子開場，接著，鳳梨黑木耳炒肉片、蘿蔔滷豆輪及三層肉、蒸南瓜、涼拌小黃瓜等繽紛菜色接棒，再由米鬆餅、米蛋糕、鼠麴粿等甜點收尾。

米鬆餅、米蛋糕鬆鬆軟軟，腳底下的落葉也鬆鬆軟軟，落葉下，是濁水溪沖積而成、具有黏性的黑土，培育出的米因此「有點黏又不會太黏」。這臺梗十六號濁水米，煮出來的粥柔滑綿密，飯則Q軟順口，很黏人的。只是，臺灣稻米太精采，又豈容人獨沾一味？好比池上米，沒人願錯過吧？

數年前的五月，因工作到訪池上，在地友人告訴我：「這裡的一天，往往可以歷經四季。早上是春天，暖呼呼的；接下來是夏天，熱烘烘的；接近傍晚變得像秋天，涼絲絲的，到了夜裡，便有了點冬天冷颼颼的感覺。這樣一日多變的氣候，也是池上米好吃的關鍵。」

待在池上數日，果真體驗到縱谷變化多端的天氣，還被傾盆大雨淋得全身溼透，自然也嘗了特有地理、氣候孕育出的好米。那帶著芋香、滋味甘甜的明星米——高雄一四七號，著實令人難忘，但最難忘的還是在大片田野間遊逛時，拐進一座土地公廟的廟埕，遇到一對祖孫。

小小孩開著大大飛機造型的玩具車，卻前進不了，看來車是壞了。我們與老婦人攀談起來，問著稻子再多久收割？池上秋收藝術節的表演場地是否就在附近……老婦人侃侃而談，還說起今年第一穫，田裡收成會有一萬多公斤，要替小朋友添輛一萬多元的玩具車。

「哇！」我和朋友異口同聲喊道；也許因為我深知池上農人是如何以種稻為傲，所以一點不覺炫耀，反而感受到其中有股「我們和土地和諧共生，也能與靠開發致富的人比拚一番」的豪氣！

當天晚上，到一間純素鹹派店用餐，店內也有飯食，以番茄鷹嘴豆、生薑南瓜鷹嘴豆等各式口味燉醬搭配當地小農米。女主人熱情向客人介紹食材來源，我對小農餐廳有些認識，所以問道：「這樣食材成本很高吧？」

聊開後，她告訴我：「我們本來只想開法式鹹派餐廳，卻被池上農夫對土地的愛感動，忍不住用起這裡的好米、好食材。」至此，米飯的好滋味已不止於香氣、口感和食味值而已。

不管溪州米或池上米都屬梗米，也就是蓬萊米。另有秈米，也就是在來米，泰國米、越南米亦屬之。若說梗米是稻米界的楊玉環，珠圓玉潤，秈米就是趙飛燕了，頎長而細瘦；秈米一般較硬，不適合煮飯，但經改良的臺中秈十號米，鬆軟爽口，容易消化，對於想減低腸胃負擔的人，是極佳品種。

好米煮出的飯，絕對可成為主角，我就曾從青農朋友那兒得到高雄一四五號好米，細細咀嚼時，味蕾被帶出了甘甜，其尾韻繚繞不散，根本單吃就滿足。

燉鍋咖哩雞、鹹檸檬雞或紅糟肉，與米飯搭配，則能體會相得益彰之妙。

做米丸子也是好選擇：將白米、糙米、黑糯米分別煮熟，加點鹽提味後放涼，自由將三種米飯配色捏塑成不同形狀，再以蒸熟的毛豆、枸杞、玉米粒，以及海苔、黑芝麻、白芝麻等為配料，隨興搭配黏於米丸子上，多彩盛宴即可上桌。

或在鹽麴中分別加入切碎的珠蔥、香菜、薑蒜末成三種沾醬，簡簡單單便能享受三款米丸子風味。

無水料理與米丸子亦極相襯。將胡蘿蔔刨細絲，鑄鐵鍋或不沾鍋內入橄欖油，

米飯予人飽足及美味

臺中秈十號好米煮成的港式煲仔飯

鍋熱，放胡蘿蔔絲，待鍋內水氣蒸騰，胡蘿蔔絲將熟軟時，上層放紫高麗菜或羽衣甘藍至蒸熟。悶軟後的胡蘿蔔絲佐米丸子，或以蒸熟紫高麗菜、羽衣甘藍包裹米丸子食用，滋味堪稱絕妙。

曾有機會造訪位於臺大農場的磯永吉小屋，聽管理人聊起臺灣蓬萊米之父磯永吉的故事。管理人說：「日本戰敗後，絕大多數的日本人都得離臺，磯永吉卻被政府留下來，因為怎樣讓百姓吃飽太重要了，一旦吃不飽，就會起動亂。」

當時我像被拍了腦袋打醒似地冒出一句：「真的耶！」

現代的人似乎離「吃不飽」有些遙遠，因此難以想到稻米曾如何支撐著過去的人吃飽，以至擁有穩定生活，並得以延續出繁榮現在。

如今，吃飽外，稻米予人細緻的多樣滋味，我也願更細緻反饋，讓它們歡歡快快、欣欣向榮成永續。

4 最暖

土壟鋪著稻草，其上的地瓜葉、地瓜、芹菜、萵苣、鳳尾菜、胡蘿蔔、芥菜、南瓜等蔬菜，生氣勃勃。

友人移居宜蘭，租了一小片菜畦當農夫。

「除了澆水，還要怎麼照顧呀？」繞一圈參觀後，我好奇地問。

「要鬆土呀，而且得提防蟲蟲大食客。」友人說著，立刻派給我一個任務，在鳳尾菜的菜心處灑菸草粉末；美食一旦變味，蟲蟲就不想再光顧這「吃到飽餐廳」。

除去跟蟲蟲說「不歡迎光臨」外，我也帶著玩心攬下收穫職責，因此得知有些蔬菜如鳳尾菜、萵苣等，長成後只需剪下菜葉，餘下的菜株還會一次次新生，直到換季為止。

忙碌間，教朋友種菜的老師來了，是位八十幾歲老先生。他只瞄了瞄，就指指點點地說：「那些萵苣要採收了喔。」「那邊的芥菜也應該收割了，不然會變得太老。」

一旁的我睜大眼睛看半天，只覺蔬菜們都油綠綠、精神抖擻的，外觀根本相去不遠，完全抓不準判斷標準或訣竅何在。

就在我還陷在「可採收？」「不可採收？」的迷魂陣時，老先生走到種著胡蘿蔔的區塊，繼續指指點點地說：「這株成熟了。」「這株長歪了。」「這株太小了，而且不會再長大。」

老先生光看葉子就知曉藏身在泥土下的胡蘿蔔地下根狀態，簡直與看面相、鐵口直斷的算命仙沒兩樣。大夥兒接著為那些胡蘿蔔翻開命運之牌，還真無一不準！

後來，與老先生閒聊，我們提及為工作取材，在福山植物園待了兩天一夜，才剛下山。老先生立即接話說：「福山植物園的行政大樓和自然工法步道，就是我設計的。」並侃侃而談當時如何就地取材。

我一向不喜水泥步道，那就像在山的身上打了石膏，令其動彈不得，行經其上的腳步也不免隨之滯重，然而走在福山植物園的步道，卻有輕快愉悅的節奏，交響於土、木、石頭這些自然元素間。那步道曾在閉園後的傍晚，領我們與山羌，藍腹鷴和臺灣獼猴有了美麗的交會，還生出一條路，帶我們遇上了設計者！

告別老先生，帶著採收的新鮮蔬菜回友人住處，搭配其他食材簡單烹煮晚餐，亦屬「就地取材」，且美味極了。

奶油萵苣

第二天一早，大夥兒吃過早餐，只管窩在客廳閒聊，沒人想出門，因為室內已經夠冷了，何況外頭？接近中午時分，主人問我們午餐想外食還是自煮？

「吃火鍋怎麼樣？」不知誰說。

火鍋！

如此溼冷的天候，真該吃火鍋！我關乎火鍋的記憶，幾乎都烙印在冬日的家人團聚——豐盛的菜餚，繁多的火鍋料，團團圍繞蓬蓬冒著煙的白鐵鍋。火鍋更是簡單就能聚合朋友的美食，如此便於準備、幾乎不需廚藝，卻總以滾滾美味沸騰人心、沸騰滿室。

「吃火鍋不錯，剛好有肉片，昨天也摘了不少蔬菜，不過還缺很多食材，得去買，既然都要開車出門，還是直接到市區找家餐廳吃吃？」主人說話一彎兩折。

儘管外食也不錯，只是，「火鍋」兩字一出，就像「咒語」般封印了對其他選項的興趣，我只想吃火鍋！

就在這時，樓下傳來一陣生猛有力的音樂，隨之是一段廣播：「來喔，來喔，來買菜喔——」

「是行動菜車嗎？」我睜大眼睛問。

「可能是吧。」主人從都市移居至此不久，所以不甚確定。

「應該有火鍋料，我去買！」

讓我不畏寒凍，立刻自告奮勇下樓採買的原因，除了被「下咒」，也因幼時那些與行動攤車有關的記憶。

記得很小的時候，賣醬菜的三輪車來了，我會讓奶奶牽著手去買醬菜：甜甜的豆棗、紅紅的豆枝、脆脆的花瓜、糖霜甘納豆、糖霜大紅豆……一種買一點，裝滿大盤子，搭著熬得米粒幾乎都融化的清粥享用；醬菜襯出粥的清甜，粥則釋放醬菜凝縮的滋味，根本絕配。

而夜深時最常聽到的是「肉粽～肉粽～賣燒肉粽～～」的雄渾吆喝聲，還有賣蚵仔麵線的「蚵～阿～線」；那一聲「蚵～～」總拉得特別長，結尾的「線」短促收束，戛然而止。現在想來，那些攤車老闆全都丹田有力，活脫脫男中音人才。

又有響著「嗶～～～」長長一聲的麵茶，響著「叭噗叭噗」聲的臺式冰淇淋、響著「咁咯咁咯」聲的麻糬、菜燕等攤車。彼時，它們對我來說，彷若一道道聽到小孩召喚前來的流動點心盛宴，上菜時間不固定，反更令人期待，更感驚喜。

只是，儘管童年有送上流動盛宴的攤車相伴，但我家一向鄰近市場，因此從未看過行動菜車，沒想到卻能在宜蘭遇上它，怎能不興奮？

而懂吃會煮的香港友人J，常在臺灣逛市場、小農市集、超市，卻和我一樣不曾向行動菜車買過菜，所以跟著大喊：「我要去！」並且帶頭衝向門外。

藍色的小卡車就停在大樓大門外不遠處，車斗內整齊有序排列著方形塑膠籃，裝著新鮮蔬菜、水果、菇類等，保麗龍盒內則是魚和肉，豆腐、雞蛋也不缺，車斗上方則掛著一袋袋豆皮、豆輪、乾香菇等。

即便如今便利商店、超市、大賣場林立，又有蓬勃宅配，然而行動菜車仍流動於諸多地方，滿足人們採買所需，甚至接受訂貨，有的還收購顧客自種的作物如落花生等，帶動了物的流通。

我們喜孜孜挑選著火鍋食材：番茄、玉米、蘿蔔能熬出滋味豐富的湯頭；蔥、薑、蒜、辣椒是醬料四大天王；用以吸飽湯汁的豆皮、豆腐絕不可少。挑得興頭之際，J突然停下動作，一會兒吐出一句：「我聽到貓咪叫聲。」

很細微的貓叫聲，沒提醒還真聽不到，四處看了一圈，並無貓咪蹤影。

「很像求救。」身為貓奴的J如此說；那聲音聽來確實哀切無助。

匆匆結帳，東西先寄放老闆那兒，循著聲音找貓去。然而，找到盡頭，聲音近在眼前，卻仍不見貓蹤。J皺起眉細聽一會兒，隨即彎腰低頭，臉貼著面前的汽車引擎蓋，而後直起身子肯定說道：「在裡面。」

「鑽進去了！」我知道貓咪原是特技家來著，飛簷走壁及軟骨功都內建天成。

「可能天氣太冷，跑進去取暖。」

「那怎麼辦？」

我們先跑回菜車那兒謝過老闆，攜了食材上樓，大家商量後，推斷汽車主人極可能是大樓住戶，決定找堪稱萬事通的管理員幫忙。

推斷正確，管理員也不負稱號，聯絡到汽車主人後，開啟引擎蓋救出貓咪；是隻與《魔女宅急便》當中吉吉一個模樣的小黑貓，卻有雙熒熒綠眼。牠年紀太小，在汽車引擎猶熱時鑽入取暖，等到想出來時卻困住，不知如何逃脫。

我們將貓咪帶回友人家，野貓對人尚有戒心，一開始靠近還會齜牙咧嘴，只是牠真的太小，倒顯得虛張聲勢。在浴室鋪好毛巾安頓，送水、送溫牛奶，漸漸的，牠安定下來。

於是有了餘裕開始準備煮火鍋，一邊討論如何為小貓找個家，主人想到有個朋友在恆春開水電行，或許能收養。

恆春嗎？國境之南，溫暖的地方，應該很適合小貓。

行動菜車已駛向下一站，小貓在浴室安睡，餐桌上火鍋啵啵作響，放入菜車老闆為我們載來的食材，加進友人自種的蔬菜，喝一口熱湯，沒有什麼比這滋味，更暖！也唯有這滋味，最暖！

5 蝴蝶樹

那簡直是株蝴蝶樹！

一雙雙閃著靛藍色彩的紫斑蝶翅膀，有如從樹上生出，盡情綻放，燦爛、美麗了整株綠，令我呆立良久。

來到東海岸，造訪阿美族的部落「重安」；部落坐落於海岸山脈與太平洋之間，水泥屋、綠田地的樸實景色中，生著這華美的蝴蝶樹！

「那叫做白水木。」學弟說明道：「海邊經常可見，耐旱、耐鹽、耐強風，會分泌汁液供蝴蝶吸食。」

「哇！」自然奧祕被揭開，蝴蝶樹非但光彩依舊，我望向它的眼光，更閃現星點燦亮。

「但是，如果沒有野溪水源，蝴蝶就不會出現。蝴蝶有群聚溪邊或溼潤土壤吸水的習性，也是為了攝取必要的礦物質。」

說到野溪，學弟細細解釋道：山上的水流匯聚成野溪，沿著田畝邊緣往下流。大雨滂沱時，溪水溢出溝渠，漫向泥路及田間，造成路面泥濘難行，也可能影響田間種植。想解決這問題，可將泥土溝渠改以水泥打造，但活動於溪溝的動物將大受影響，蝴蝶也少了溼潤的土壤提供礦物質。加上一旦降下豪雨，三面光的水泥溝渠，完全不具吸水與漫溢能力，大水匯聚到最後沖至下方，反而造成嚴重災害，因此族人在審慎考量後選擇留下野溪原樣。

學弟是北部漢人，娶了部落女孩、生下孩子後，全家遷至臺東定居，開始種田，不用農藥，只養鴨子吃蟲，並放任雜草生長。

學弟帶我們走到他岳父家，後方是他的田地，雪白的鴨子正踱著步子尋找蟲蹤。

屋子右側設有搭了頂棚的戶外區域，我們就在該處用餐，待夜間要參加阿美族的豐年祭。

滿滿一桌美食，有藤心雞湯、炒山蘇、燙龍葵、涼拌過貓，還有醃珠螺、情人的眼淚、烤山豬肉、生魚片等。

生活在山海間的阿美族，過往主要以農耕、種植、畜牧、狩獵為食物主要來源，也從山裡、海邊、溪河取得各種食材增添餐桌豐富性，因而形成採集文化。

阿美族野菜

餐桌上的龍葵、山蘇、過貓許多人並不陌生，它們全屬阿美族野菜；雞湯裡的藤心，是阿美族「十心菜」，亦即十種野菜嫩心之一的黃藤嫩心，最常用來燉排骨；珠螺趁退潮之時自淺灘的石壁或石頭上採集而來；情人的眼淚又稱天使的眼淚，也稱雨來菇，是種藻類，必須在水源乾淨之處，於下雨後才找得到。

喝一口油脂豐潤的藤心雞湯，甘甜中帶著苦味。阿美族人稱自己是「吃草的民族」，也有人會形容他們很能「吃苦」，就因許多野菜如黃藤心、芒草心、蘆葦心都帶苦味，車輪茄、山苦瓜更是苦上加苦。然而帶苦藏澀，養就強悍生命，才能旺盛生長、不畏病蟲害，且阿美族人就愛苦味，更能烹煮出苦中的甘，澀中的潤，令餘韻深長。

阿美族豐年祭

龍葵等野菜滋味各具個性；僅加上蒜頭、鹽巴炒過的雨來菇，軟軟的口感中迸出脆度，據說若沾醬油生吃，佐酒最好；吸一口醃珠螺，海潮瞬間湧來淹沒味蕾。

享用著美食，抬頭可見山脈，轉頭可眺望海洋，部落側邊更有溪流環繞，山與海，溪與河，就是餐桌食材的來處。阿美族人採集時並非想摘就摘，愛帶走多少就帶走多少，而是依各種食材的生長週期適量取得，同時費心「經營」，亦即在不破壞大自然的狀況下，適度整理採集區域，以保永遠取之不盡、用之不絕。

品嘗過簡單烹調卻蘊含滿滿滋味的一餐，豐年祭的時間也快到了。

根據耆老口述，重安的豐年祭在稻米收割後進行。第一天早上，男子到溪邊殺豬，帶回部落燒烤，下午三點開始祭祖，隨後將大塊的肉、最好的食物獻給長老，並歌舞直到夜間十點。第二天早上休息，下午三點女子加入歌舞。第三天早上大家到溪裡捕魚，這是一年當中唯一的捕魚日，將紐絞臺灣魚藤根部得來的乳白色汁液倒入水中，魚蝦因此被迷昏漸漸愈游愈慢，大人小孩便一起撈取鰻魚、螃蟹、蝦子等，放進大鍋子煮湯，搭配著肉與米飯，用檳榔葉手編的食器分食，當天則以女子在內圈、男子在外圈的方式唱歌跳舞。

我們所參與的正是第三天的歌舞。

寬闊的草地中心立著竹架，明晃晃的燈光照著小小三角旗色彩鮮麗，我們混在穿著傳統服飾的族人間，打開雙手相隔一人牽手而舞。我曾到阿里山的鄒族參加過戰祭，體會透過單一重複的步伐靜心，找到最能與大自然呼應的節奏。而阿美族豐年祭很不同，歌聲昂揚著熱情，舞蹈複雜許多，難以協調的雙腳好不容易跟上，隊形、牽手方式和舞步卻又開始變化，讓人始終手忙腳亂，卻又十分快樂。

是啊，豐年自是洋溢歡樂！

我學著跳出更接地氣的舞步，於腳掌接觸大地時，並非往上升那般輕輕帶過，而是往下沉踏出每個穩定飽滿的步伐，只因豐年，就來自日常種植水稻、打獵、捕魚、採集這些身體重心必須下沉的種種勞動。而豐年也來自於身體重心下沉之後對大地的感知吧。

由於對大地的感知，田間才不用藥而放養鴨子吃蟲；由於對大地的感知，才護溪，一年僅捕一次魚；也由於對大地的感知，才留下田邊野溪。只是，他們也曾漸漸流失這感知，如今一點一滴找了回來

隔天離開前，我去了野溪處，看它輕巧流過；田水滲入溪床，被涵養於其中，如果田土一旦乾涸，水分又會回頭提供給它滋養。

而那株華美的白水木，也會一直、一直吸收著地裡的水分及養分，泌出汁液，餵養燦如珍寶的紫斑蝶，讓牠們即使離開，還會回來……

6 家離水邊那麼近

蝸居都會區，幸而，家離水邊那麼近，幾步路，便可來到一條水廊，沿著它走不多時，又能遇上水澤溼地。

那日，我行經水廊上方人行步道欲往溼地去，走著走著，視線被水域卵石上一隻白色鳥兒勾了去。那是我喚為「小白」的小白鷺嗎？牠靜靜停佇好一陣子，忽地張開雪白羽翼凌空拉出一道優雅弧線，最後落在對岸一棵大樹頂端，久久凝止不動，之後才轉動脖頸往左看看，再轉動脖頸朝右瞧瞧；與大白鷺相較，小白鷺不管動靜間，總帶有更似水波的靈動。

陽光下，靈動水波彼此追逐，整條水路彷若流淌著晶鑽；岸邊瑪瑙珠展示著蜜黃色珠玉；金露花的翠玉葉片層疊出亮彩豔澤。

逛過水岸珠寶展示會，走入溼地音樂廳，才穿越盤旋著紫藤藤蔓的入口，就聽到「嘎、嘎、嘎、嘎」與「嘎—哩—歸」、「嘎—哩—歸」多重奏，接著是低音獨唱

紅冠水雞

「咕嚕咕嚕咕嚕～」，穿插著「「嘰嘰喳喳」、「嘰嘰喳喳」的合音，隨後「嘰伊—嘰伊」、「嘰伊—嘰伊」的清脆嗓音拔群而出……

邊聆賞鳥兒樂團演出，腳邊還開張著美術館，彎身、下蹲，將自己與視線縮小再縮小，遇見了粉黃櫻絨草、紫背草、向天盞等獨獨屬於我的美麗展品，安靜獨享。

而小藍也現身了，那是隻黑冠麻鷺。

最早見牠在溼地小徑邊的土斜坡躡著長腳走路，無聲息的，一瞬間，尖尖嘴喙猛的往草叢一個戳刺，狠狠準準捕獲了一條長長蚯蚓。也曾看見牠於開闊草坪享用蟲蟲大餐後，悄聲走呀走，到了灌木叢旁停住再也不動，陽光照得牠的藍眼影很是鮮豔美麗。這回牠匆忙些，這兒走走，停一停，那兒走走，停一停，然後倏忽不見。

有水，有了自然，也有了季節展演。

自冬入春，環繞著溼地的綠籬山素英，柔軟伸展的枝條間綻放出雪白光潔的瓣朵，也綻放出雪白光潔的清香。

春意漸濃，亦漸漸釀出苦楝的香，只是苦楝樹的身型拔高筒直衝了天，沒有通天鼻一下子還真捕捉不到那香，且一把把綠樹大傘將日光給了天，將蔭涼給了地；

而地面的鬱鬱暗影自私了些，想獨攏苦楝花之美，然而它並不知道，那纖纖之美藏也藏不住，早悄悄流洩，只等著與纖纖目光交會。

從春日到夏日，溼地邊與斜土坡上方的杜虹也漸次盛放，好似粉、紫、白簇簇飛羽，更有無數蜂蝶，如小紫斑蝶、緋蛺蝶撲騰著小小飛羽，簡直仙氣蒸騰，讓人隨之飄飄然。

待青楓以火紅、楓香以金紅豔麗天際，杜虹花結出紫玉般果子，引來白頭翁、綠繡眼歡鬧枝頭，那就是秋天了。

我也愛循著水廊，往另一頭土地公廟的方向散步而去，與水中的紙莎草、水竹芋、香蒲、路易斯安那鳶尾、印度杏菜等植物，也與堤岸上方的九芎、樟樹、印度紫檀、大葉欖仁，還有攀附或生長於水廊兩側的九重葛、炮仗花、石斑木一一相遇。若仍有大把時間，到了土地公廟，再慢慢走向新莊老街，就為去吃碗米苔目。

小街路的小店，招牌一點不招搖，卻引來一位位饕客，如大鍋冒出的白煙，不絕如縷。米苔目原是客家食物，製作時要將米漿過篩，因而叫做「米篩目」，後來流傳到閩南人那兒，改稱「米苔目」。

米苔目有甜與鹹兩種吃法。甜的加糖水與碎冰，口感冰涼Q彈。至於鹹的，或炒或拌醬料或加高湯；這般一轉身，便化成了軟呼滑溜。小店賣的是鹹食，分為乾或湯兩類，另有油豆腐、嘴邊肉等黑白切，再來就沒其他選擇。

點一碗小的湯米苔目，豬大骨熬製的白湯，融著柔白米苔目，上頭漂有少許紅蔥頭及芹菜末。舀一匙入口，清甜湯頭包裹著滑順米苔目，紅蔥頭及芹菜香則衝破包裹，溢滿口中、滲入鼻息。

我不忍就這樣讓米苔目滑入肚腹，而慢慢咀嚼出米香，腦中更浮現一幅畫面：簷角飛翹、供奉著媽祖的慈祐宮後方，一方水池映照燦燦陽光，水池外，陽光直往觀音山迤邐而去，翻浪稻田也直往觀音山迤邐而去。慈祐宮前，大漢溪奔流，船隻停泊碼頭，搬運貨物的人們熙來攘往。

慈祐宮，就位在我品嘗米苔目的小街路左前方不遠處，而腦中的，是數百年前的新莊老街區景象。

人們都說：「一府二鹿三艋舺。」然而，於此之前，是「一府二鹿三新莊」。新莊由於有大漢溪作為水源及水路，遍地良田，並設有港口，移民群聚、店鋪林立，成了北臺灣最早發展的繁榮區，街上也建起慈祐宮等一座座廟宇，因而有「廟街」之稱。

廟街住著閩南人，也來了客家人；米苔目或許扮演了閩客融合的角色吧。一口一口米苔目，一口一口釋放著在來米香氣，連同這段過往供人細細品嘗。

米苔目

吃罷米苔目，轉進老街的海山里段，去買一袋尤協豐豆乾。「尤協豐」採非基改黃豆製作豆漿、三角油豆腐與豆乾。早晨去，可買到豆漿及尚未以薑黃著色、也還未調味的單純豆乾。買回後蒸一下，加點醬油與芥末油，就能襯出濃郁豆味、豆香；亦可加其他配料炒或滷，皆簡單成美味。

倘若想吃最負盛名的烤豆乾，得晚上前往。七點鐘左右，店門口的爐火豔紅，燻黑的網架上排列著一塊塊金黃豆乾，直烤至外皮微焦脆。現吃，一口咬下，內層的熱燙燙與滑嫩嫩一股腦傾洩而出。

這是傳至第三代的老店，第一代於清末移居臺灣，落腳新莊卻不知何以維生。大漢溪的水源豐沛、水質清澈，令人想起在福建泉州故鄉，以好水製作豆乾的好滋味，於是，「尤氏豆乾」開張了，既餵養尤家人，後來更生意興隆，甚至促成老街開張四十多家豆乾店，盛極一時。另還有一說，大溪的豆乾便是由新莊源遠流長而去。

水，既勃興了農業，也繁榮了商業。

曾參加過一個名為「持景行走」的工作坊，假裝自己是株水草，隨水開展各種姿態。那時，老師曾問大家：「水，是什麼？」

「雨。」問題拋出的靜默後，一位女孩帶點遲疑地說。

「河流。」一位媽媽接著說。
「水龍頭裡流出來的。」小朋友歡快地說。
「海洋。」男孩笑著說。
水，是生命！
家離水邊那麼近的我，輕輕說。

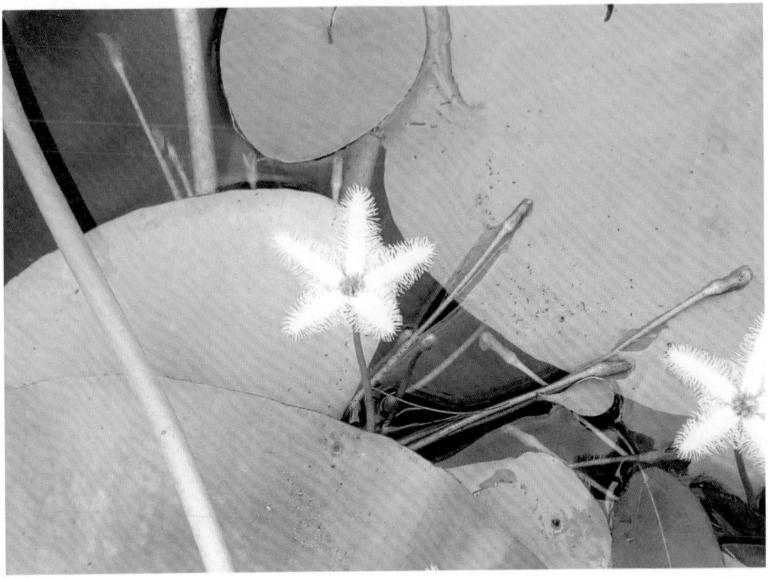
印度杏菜

7 釀彩萃香

十二月，秋仍耽溺，恣意以褐紅、橙橘、金黃等濃彩作畫於天地間。走入植物園日式建築「南門町三二三」，更有四季流轉。

「舉目四望，見春日原野朝霞中盛放著一片豔麗，那是櫻花吧！」一襲淡粉和服〈櫻櫻〉，歌詠的是春天。

而鮮藍和服〈光輝〉，讚頌著積雪的夏日山岳：「已是夏日，立山積雪猶在，幾度眺望皆不厭倦，那神之山哪！」

又有嫩黃和服〈鳳蝶〉舞著春與秋之律動：「庭院中，春季初生的蝴蝶翩翩飛舞，長空裡，秋日大雁翺翔歸來。」

正欣賞著，一位女士伴著花髮老太太走進這

〈櫻櫻〉

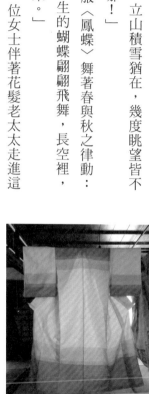

「萬葉之彩——草木染織和服展」會場，是創作者馬場內珠紀與其母親。馬場女士穿著優雅套裝，從她與參觀者的交談，以及隨後我們與其母親的閒聊得知，那衣裝與展示的和服相同，都以草木染絲線、織布，再經設計、裁剪、縫製而成；這些與《萬葉集》詩歌唱和著的和服，與我概念中以棉、絹、蠶絲整塊布料絞綁染色形成紋樣的植物染，很是不同。

轉身細看展品，〈櫻櫻〉，除了石竹花般的淡粉外，還搭配了深紅、紫粉、黃綠；〈光輝〉的鮮藍，綴以金褐、枯褐、濃紫，以及透著微綠的黃等諸多色彩；〈鳳蝶〉蒸栗子果肉般的嫩黃，佐以栗子皮般的褐、帶著紅的朽葉般褐，還有晴藍、橘紅等。蘇木、艾草、梅樹、楊梅樹、墨水樹、青茅、大花四照花、金雞菊、枇杷葉等各種自然萬葉色彩，全被密密織進和服，流轉於其上。

大自然是如此華彩橫溢哪！

大自然亦繁香充滿，曾聽聞一位調香師說起自己滿山遍野尋找香花，採擷油菊、海檬果、瓊崖海棠、山黃梔等花朵，以蒸餾、浸泡、脂吸等方式嘗試再嘗試，就為萃取並調製出獨特的香。

職人織就的華彩、調出的繁香，令人流連。

而我亦流連於釀彩萃香，不需技藝，只要有大自然餽贈之有餘。那些美味飽滿的水果入肚腹後留下的果皮，豈非大自然餽贈的有餘？

一開始，只是隨手萃香，好比將柳丁外皮削成小片，曬乾，入烤箱烤至邊緣微焦，柑橘靈透的清香化為密緻的甜香，藏進玻璃瓶，一開，無盡芬芳。另在盛裝了橄欖油的小罐，丟進削片曬乾的柳丁皮，油脂日日飽食橙橘氣息，用來護手，潤澤生香。

後來，一位推廣竹節茶杯、鬃毛刷、藺草帽等自然民具的友人，分享以百香果皮釀氣泡飲的方法，我隨之試做看看：於玻璃瓶內調出濃度百分之二十五的糖水，百香果皮剪成小塊放置其中，加點檸檬汁，添上些許麵包酵母粉，瓶蓋不旋緊，靜置陰涼處，之後每日開瓶稍攪拌，數日後，便釀出閃動著金屬光澤的紅棕色，萃出馥郁的百香果氣息。

不久，又有機會跟著實驗此法有所得的前輩，學得更深入些。那日，她擺出成果：玻璃罐裡的玫瑰紅、淺黃、淡褐等色彩鮮活跳躍，似乎快關不住了；一盤狀若白玉的切塊果子捧到面前，放入嘴裡，甜甜的，一咬，每口皆爽脆得一刀兩斷。

「猜猜看這是什麼？」她笑著問。

舒展的眉頭頓時緊縮，凝神想了又想，卻怎麼也想不出。

「是百香果皮。」答案一公布，一陣譁然。

玫瑰花瓣及漿果皆可成佳釀

柑橘宜釀氣泡飲

馬場內 珠紀——製作
萬葉之彩
草木染織和服展
台北植物園 南門町三二三
2019
11/23(六)—12/15(日)
主辦單位：行政院農業委員會林業試驗所
贊助單位：公益財團法人日本台灣交流協會
台北植物園

太訝異了，百香果皮固執全失，盡成爽朗脾性。

透過說明，才了解以此法釀氣泡飲，同一批果皮可反覆釀製直到色淡味薄，最後還能將果皮加糖冷漬，亦即灑糖粉放冷藏室漬之，出水後瀝乾再添糖粉，如此反覆多次，厚韌果皮也能通透成白玉模樣。

有趣極了，回家後著手嘗試，說是帶實驗精神，其實為了偷懶：百香果皮釀酒三、五次後，倒入砂糖厚厚掩住，隨後不再管，過一陣子見糖融化，不瀝乾，再添一回糖，最後成了胭脂紅、帶酒味酒香、一吃無法停下的美味蜜餞。

又嘗試了其他果皮。

各種橘皮釀出的金黃，有著冬日暖陽的神氣風光，萃出的香氣與滋味，則彰顯相異品種的獨特個性：桶柑嗆野，椪柑微苦，小香橘溫潤帶花香，三寶柑芬芳甚檸檬。

橘皮釀至最後變得甚軟，極接近果醬質地，於是放進果汁機，加橘子氣泡飲淹過，打成橘醬，用來蘸白肉堪比桔醬，用來抹吐司堪比橙橘果醬，還可當沙拉醬，或拌上醬油與糖用來漬洋蔥。

果皮釀需時甚短，三天左右釀出色彩美得冒泡，等更為雀躍騷動，便是氣泡飲，再來復歸寂靜，並悄然變身為美酒佳釀，那時大約七天後。如若放到忘了，令其宛若舊愛遭冷落，便生出醋意，再不肯香甜醇美待你，只給你酸，卻猶帶甘芳。

那麼，假使僅用葡萄皮，也能釀出美酒與紅酒醋嗎？無庸置疑。

朋友送了兩串友善種植葡萄，紫得美麗，果粉充盈，果皮剝下、籽挖出，一起入糖水釀漬，七天後，倒出滿杯酒紅，飲下後稍含於口中，酒香衝向鼻腔，迴返至上顎的味蕾，再充盈整個口腔，最後微微甘芳於舌根點到為止，雖比不上陳年佳釀層次充滿，已頗具韻味。

那些葡萄皮與葡萄籽，分兩瓶釀了多次，將每回色彩比對日本傳統色，從酒紅的「葡萄色」、微微帶紫的暗紅「葡萄茶色」、紅得濃郁的「濃紅」，到桃色的「薄紅」、粉色珍珠般的「虹色」、櫻花花瓣般清透的「櫻色」，全都收集到了，令人只想持續不斷集點，向天地兌換更多自然之美。

夏與冬的葡萄、冬的柑橘柳橙、春與夏的鳳梨，夏的荔枝、夏與秋的蘋果、秋的柚子……四季更迭，釀彩萃香，豐盈有餘，美亦有餘。

8 飛魚

飛魚看似如此自由自在，特別是望著牠們張開長長胸鰭，躍出凝凍似的普魯士藍海面，擺動尾部畫出S型藍晶鑽水波，心中總隨之漾起綺麗情懷，想著：飛魚是多麼自由啊！

然而，那畢竟是自以為是的浪漫想像！

飛魚，乘著黑潮自菲律賓來到臺灣，往日本而去，在大規模的遷徙中，覓食、交配、產卵。牠們屬海洋食物鏈底層，當鬼頭刀等大型魚類追捕在後，便張開胸鰭躍出水面以求避敵，因之，飛躍並非展示自由，而是一場場生死交關的追逐戰。

不過，日本人就愛飛魚一躍而起的形象，以華麗稱之。

多年前，我與友人到宮崎駿動畫《魔法公主》的取景地——屋久島登山，遇上了華麗的飛魚。

屋久島又稱水之島，雨量豐沛，人稱「一個月有三十五天下雨」。雨之外，又有湧泉、瀑布、河川、溫泉、池塘及地下水。由花崗岩組成的貧瘠小島，因水的潤澤而萬物蓬勃，更有海洋環繞，生命力潮湧。也許由於如此，人們擬定的《屋久島憲章》其一條文便是：「營造這座島的指標，是守護並創造不管何時都能飲用到令人感動的好水之水環境，我們便是藉此持續探究著屋久島的價值所在。」

那日，我們去看七千多歲的繩文杉、登山途中，常得走跳於流水淙淙的層疊卵石間，來到威爾森樹樁所在，走入三百多年前遭砍伐，呈中空狀態的斷株中，聽湧泉潺潺，走出斷株，見到自樹枝蔓生而下的南亞假懸苔、潮溼倒木上飽含水滴的東亞指葉苔、狀如柔氈的絨苔……

十個小時往復，一路皆是水水美景，回到民宿，餐廳的厚實木桌已擺好餐具，隨後餐點一一送上：茶碗蒸、味噌湯不消說，還有以五花小排，加入味噌、黑砂糖、甘藷燒酒做成的鹿兒島鄉土料理「燉煮豬骨」，更有包含鯖魚、紅甘、日本真鯛在內的綜合生魚片，外加鹽烤鰤魚、醋漬章魚等滿滿海味，而其中最搶眼的便是酥炸飛魚。

華麗啊！那酥炸飛魚昂首飛躍的形象！裹粉極薄，一咬，外衣隨即喀滋脆裂，隨後是滿口細嫩清甜的魚肉，咀嚼中，尚有魚骨的酥脆不時爆開，如此滋味也堪稱華麗。

屋久島於江戶時代開始捕飛魚，而今，它是島上的尋常美味，每年十一月還有熱鬧的「春牧飛魚祭」。

這裡的飛魚料理樣態豐富，有酥炸飛魚，鹽烤飛魚、生魚片等。生魚片除搭配一般調和了山葵醬的醬油外，尚有加了柑橘果汁的醬油或拌了柚子胡椒的醬油，據說吃來特別爽口。

另外，人們還會以飛魚為材料做成竹輪、魚板後加以油炸，或用它熬煮成湯頭，當作烏龍麵等料理的湯底。

旅行屋久島期間，在超市、小商店或碼頭候船室的土產店，總會看到飛魚，我也選購了蒲燒口味的飛魚真空包，將小島風土帶回。

不似在日本飛魚屬極其平常的吃食，臺灣相當難以取得，然而一回，我幸運在市集遇上販售煙燻飛魚及飛魚鬆醬的老闆。

說到臺灣的飛魚，大家最先想到的往往是蘭嶼，是達悟族，難怪高個子、聲音爽朗的老闆，劈頭就跟我說：「阿美族也有飛魚啦！我們稱飛魚為『卡卡轟』。」

阿美族的飛魚季自每年四月起直到十月，族人於夜間出海捕飛魚，利用其趨光性，以探照燈照射海面，再用弧狀魚網撈捕。清朝時，臺灣海防同知孫元衡曾為飛魚寫了一首詩：「入海微禽能變化，秋來巢燕已為魚；翻飛應悔留雙剪，誤學燈蛾赴火漁。」飛魚如翅的胸鰭，令詩人聯想牠們乃水燕子所幻化，而「誤學燈蛾赴火漁」，描繪的便是飛魚朝光亮處聚集的習性。

我好奇向老闆確認他們是否用燈光誘捕飛魚，他霹靂啪啦回答道：「現在不用探照燈了啦！我們大約在晚間六點出海，以前搭竹筏，但是因為竹管容易進水，後來改搭膠筏，在離岸三海里的水域間撒下漁網，靜靜等一個小時以後再收網。捕回的飛魚要馬上處理喲，從魚背剖開清理乾淨，用檸檬和刺蔥醃漬，吊掛讓血水滴乾，接著就直接煙燻。飛魚乾是阿美族的冬天存糧，可以當作點心吃，也是上山打獵的乾糧，抹一點鹽，搭個飯糰，就是一餐啦。」

老闆還教我將煙燻飛魚剪成塊狀或條狀，放進密封罐冷藏，方便隨時取用，或是與時蔬拌炒，或是放入湯中熬煮出柴魚般鮮甜。

帶回煙燻飛魚，依照老闆的方法處理後，魚骨頭和魚頭熬湯，飛魚塊及飛魚條則冰藏。

飛魚塊入了陶鍋做成炊飯，淡淡煙燻味及檸檬刺蔥氣息，化於鬆軟的臺中秈十米粒中，吃到魚塊時，鬆軟間蹦出緊實口感，咀嚼到最後，還有一絲檸檬微酸纏繞。

而飛魚條要拌炒哪種蔬菜好呢？當我苦惱著，恰巧發現澎湖角瓜。以前曾在小

角瓜及其他

角瓜炒飛魚乾

島嘗過，但時日太久，與它認了生，很想重拾熟悉感，且心想正好可試試炒飛魚乾。一試之下，竟極為相合，角瓜不同於絲瓜，炒後口感仍脆、色澤猶綠，加上煙燻飛魚的味道與香氣將其滿滿包覆，很有一種富足感。

買回的兩尾飛魚乾，我十足珍惜，慢慢吃、細細嘗，並總憶起飛魚的旅程，且任由一本日文圖畫書的頁面在腦中翻飛：小男孩吃下一尾魚，而後去游泳，當他精神抖擻站在泳池邊緣準備入水時，說道：「魚變成了我。」待他跳進泳池，以矯健身手濺起水花往前游去時，又說：「我變成了魚。」

魚變成了我，我變成了魚……

9 行走高地荒原間

晨光穿透碎花窗簾將人喚醒，一骨碌自鄉村風的白色鑄鐵床起身打開窗戶，一片心曠神怡。

在英國老教授領路下，我們自倫敦驅車來到英格蘭西南部，落腳在這個名為鄧斯特（Dunster）的小鎮，這裡以名列英國十大鬧鬼古宅的城堡聞名，但鄉村景致的吸引力其實更甚。

「去散步吧。」

走出B&B，行經主要街道轉進巷弄往郊野去，想尋找一座老磨坊，途中發現粉牆、茅草屋頂的美麗農舍，又見農家花園綠絨絨草地上，白的、紫的、粉的、黃的花兒錯雜生長，野味十足卻疏落有致，完全傾覆精心鋪排的花園那種工整之美。

找到老磨坊，卻因才七點多，水車尚未運轉，然而小溪淙淙，正愉悅歌頌著早晨。

隨小溪唱著歌轉回Ｂ＆Ｂ，全套英式早餐已準備好：油煎番茄、炒蘑菇、培根、豬肉香腸、茄汁焗豆子、烤吐司、太陽蛋、柳橙汁、咖啡或茶、還有牛奶和穀片。

英式早餐原為上流社會的社交盛宴，維多利亞時代隨工業革命開始流行於中產階級間，但用料尚未被標準化，直到愛德華時期為簡化備料而形成一套規格。穀片原不在其中，我卻頗熟悉，只因在倫敦借宿於老教授家，每日早餐都少不了它。

老教授的家，是一幢有煙囪的維多利亞式紅磚老屋，樸實廚房的高高櫥櫃上，整齊擺放著一個個玻璃罐，裝有各式玉米片、燕麥片、堅果、果乾。每個早晨，當平底鍋滋滋作響，烤吐司、油煎培根和番茄香氣瀰漫，我就忙著自櫥櫃搬下大大小小的玻璃罐，在桌上排成一列，等著稍後供眾人自行選擇，沖入牛奶，好搭配烤吐司、培根、番茄，以及一杯加了牛奶的早餐茶，慢慢享用。燕麥片、原味玉米片、巧克力玉米圈，我總是什麼都要來一點，還得加上杏仁、夏威夷豆、核桃等很多堅果，葡萄、杏桃、椰棗等一堆果乾。

極簡單就能準備的穀片加牛奶，由於生活節奏加快，早融入英國人的早餐成日常，沒想到的是，連民宿全套英式早餐也加上這一項。

鄧斯特的傳統茅草屋

飽食一頓，出發健行去。鄧斯特位於埃克斯穆爾國家公園（Exmoor National Park）東北邊，許多旅人為健行到此，只是我們時間太短，有些路段以車代步。

離開鄧斯特來到田野，下車走一段小路，樹籬、牧羊地、森林、溪流，一切宛若露珠剛消逝，充滿了晶透水亮的清新感。途中遇上有人騎馬迎面而來，老教授說：「馬兒仍是農村的交通工具，亦有人將騎馬當作運動。」

再開車來到被稱為「小瑞士」的林茅斯（Lynmouth）與林頓（Lynton）；位於河流出海口和位於山上的兩地，靠著以水為動力、極為陡斜的懸崖列車連接。在林茅斯稍作停留，礫石灘上有祖孫堆著石頭玩，海鳥飛過，一聲鳴叫，響亮得足以讓天更寬、地更闊。

來到小漁村，正逢午餐時間，怎能不嘗嘗炸魚薯條？油滋滋的金黃炸魚表皮酥酥脆脆，內裡鱈魚軟軟嫩嫩，而粗粗胖胖的薯條，先給人蓬鬆口感，隨後綿密充滿。數算來到英國品嘗過的午餐，這頓已屬有分量，記得逛大英博物館那天，僅在路邊買個麵包夾熱狗洋蔥幾口塞下；前往綠園、海德公園賞花，與坐在長椅的上班族相同，靠一個三明治解決一餐；去國家美術館看展，即便在其中餐廳用餐，也僅是沙拉加一杯飲料。

英國人的三餐，早餐屬「慢板」，要吃飽，如「急板」的午餐，快速簡單就好，「甚緩」的晚餐，則吃得豐美，且宴請賓客皆在晚間。

那天，我和友伴以正式晚餐答謝老教授與他夫人的悉心照料。晚餐前，一行人先前往小酒吧，木質裝潢、鄉村風洋溢的酒吧，擺有鋼琴與撞球檯，據說還能下棋。老教授說：鄉間酒吧雖提供牛肉塊、薯條等餐點，但多數人通常只是喝一杯，於小酌間與人交流，或打打撞球、下下棋作為消遣。時間太早，沒其他客人，只能在腦中想像那畫面，並隨俗點了雪莉酒，邊啜飲邊暢聊。

隨後移駕餐廳，點了烤鮭魚等主食，搭配青花菜、紅蘿蔔和夾克馬鈴薯等配菜，佐上白酒，並有巧克力、草莓、香草三色冰淇淋作甜點。

夾克馬鈴薯是在帶皮馬鈴薯上頭劃一個十字，烤熟後十字處裂開，再將鮪魚沙拉或墨西哥辣豆醬、咖哩等餡料放入其中，一顆便能充作一頓午餐。

烤肉類的主食則源於「週日烤肉」傳統：過去，英國人星期日上教堂前禁食，並會先將肉類放進爐中烘烤，出門前再多加馬鈴薯、防風草等蔬菜，等禮拜結束回到家，爐中香氣、肉汁滿溢，將肉汁澆在肉類、蔬菜上，便可好好享用。

之前在倫敦，老教授曾為我們烤過羊腿、雞腿、牛肉作為晚餐主食。他還說過，烤一隻大的羊腿能吃上好幾天：第一天熱熱地吃，第二天將吃剩的羊腿肉從冰箱取出，不加熱，只淋上熱的醬汁品嘗，第三天片下剩餘的羊肉夾麵包做成三明治；第四天剔下骨頭上殘留的羊肉，加配料炒出香噴噴的飯，骨頭則用來熬出甜甜的湯。

「星期日吃熱呼呼烤牛肉，星期一吃冷牛肉，星期二吃薄肉片，星期三將餘下的做絞肉，星期四用咖哩掩蓋氣味，星期五燉高湯，如果肉還有剩，最後在星期六做農舍派。」老教授想讓我們了解的英式家庭料理精神，正是這首英國古老歌謠所唱誦的。

老教授亦曾向我們介紹晚餐的用餐順序為：水果、主食、沙拉、甜點、茶或咖啡。而由於晚餐時間往往在夜間八、九點，加上午餐簡單，所以需要下午茶。

在倫敦天天喝下午茶，但非原屬貴族的英式傳統下午茶，僅僅一杯茶或咖啡加一塊甜點，用來補足熱量也獲得片段休息。行走於埃克斯穆爾國家公園，一樣日日有下午茶，記得某次的茶還是以碎茶葉泡成，倒入杯中時得用小濾網濾掉碎末。

而埃克斯穆爾國家公園位於野外的茶屋，絕對是旅人最企望的懷抱，一跌入其中，只想賴著不走。

來到霍特斯密（Watersmeet），沿小溪一路健行，穿越木橋，便可抵達原為釣魚小屋的古樸茶屋。一旁的露天茶座聳立一棵好高好高的大樹，枝葉過篩了燥熱陽光成溫暖，枝椏在金碧草地印出圖案如畫，可惜茶座全是賴著不走的旅人。進屋找到靠窗木桌，點了茶、咖啡、司康、蛋糕。不遠處的溪裡有穿雨鞋的孩子搬著石頭

甜蜜糕點

霍特斯密的茶屋

英式傳統下午茶源自貴族

玩，笑聲銀鈴一樣。

走上高地荒原，帚石楠尚未開花，叢叢金雀花綻放亮黃，散發暖甜芬芳，牧羊地裡羊群正在覓食，那是我第一次看到黑臉綿羊，直想跑過去抱個滿懷。而那間位於荒原最高處，以住家花園一角待客的茶屋太可愛，我們一走進，小馬般大的英國老式牧羊犬立刻奔向前迎接，且始終盤桓桌邊，穿圍裙的胖胖女主人手端午茶走來時，臉上的笑容就像媽媽為家人送上美食一般熱切溫暖。

只是不管哪次午茶，甜點入口唯有甜，而撒滿糖霜的櫻桃餡酥餅、維也納蘋果捲，淋上糖漿的馬芬蛋糕，更是甜上加甜。

原來，過去非洲的黑人被奴役至加勒比海地區種植、生產蔗糖，運回英國供消費，加上工業革命帶動製糖業蓬勃，糖不再金貴，於是從上到下流行起在茶裡加糖，工人們結束一天工作後，會以廉價的碎茶葉泡茶，加上大量的糖來解除疲勞、補充熱量。後來，由於燃料價格上漲，勞工階級沒燃料可做飯，連牛奶都買不起，肉、奶油、起司更別說，只好用糖粉飾食物：茶裡加糖、麥片粥中撒糖，麵包抹上糖漿，讓甜味帶來慰藉及飽足感。

從老教授口中得知這些，再嘗原本極易令我皺眉的過甜甜點，只覺別有滋味。

續走埃克斯穆爾國家公園，這個有山、有海岸線、有森林、有古老農田、有高地荒原，且為星空保護地之處，由於經過法律程序信託，永不開發，一切都將世代保留。這般守護自然與人文景觀，正起自對工業革命帶動經濟，卻造成環境汙染和古蹟破壞的省思。

行走高地荒原間，想著工業化的甜；那甜，別有滋味，百轉千迴……

輯二

念念旅途

1 金秋

一年秋日，我與友伴到東京賞紅葉，特別落腳於東中野住宅區的民宿，只因住宅區車站附近，一定有商店街。

在東京念書時，學校位於高田馬場，而我住沼袋，上完課，總是用學生月票自高田馬場搭著西武新宿線的電車到新宿，吃碗紅通通的炒碼麵，有時再加一小盤煎餃，接著四處遊逛，看看哪些店又推出新商品，賞賞哪些櫥窗又展演新風格，再心滿意足回頭搭電車返抵沼袋，逛著商店街回家。

商店街並不寬，位於小路起頭的入口更顯窄小，一走進去左邊是家喫茶店，老式的咖啡廳，悄悄往內覷，總能看到老先生、老太太優雅喝著茶或咖啡。再走一小段，可迴轉至另一條小路，沿途有不少擺滿可愛小物的店鋪，若不迴轉而直直往裡走，會經過食堂、小餐廳、超市、熟食鋪、肉鋪、魚鋪、蔬果店、玩具店、美髮院、日用品店等許多商家。

肉鋪兼賣炸物，常看到老闆忙著炸豬排或可樂餅。滋滋滋，滋滋滋，總覺得那是炸物的香，爆裂了、歡呼了。

在熟食鋪停留一下，瞧瞧當日玻璃櫃裡的菜色，並想像那些沙拉、燉菜、炸物如何搭配成日式餐桌的日常。

而玩具店外對著櫥窗凝眸的孩子，最適合畫張以「深情」為命題的素描。

只是，日語半生不熟、荷包空蕩的我，往往逛半天後，只鑽進超市挑選最便宜的食材回家自己做晚餐。超市裡日本大蔥如其名，個兒高大，白胖水嫩，甜度飽足，用來煮麵或炒肉片都很好；帶有他種野菜難以比喻的淡淡香氣、甜味，且口感特別爽脆的水菜，適合做和風沙拉或加入鍋物；香得獨特的茗荷，可炒、可煮湯、可涼拌，可做成炊飯；還有其他食材如蕗蕎等，也都在那兒初識，再相熟成知交。

我總想念那些逛商店街的日子，因此，一到東中野的民宿放好行李，就帶上友伴，循著民宿老闆所指曲曲繞繞但路程反而較近的小徑，特意回到車站前，彎進名為「銀座通」的商店街覓食。

銀座通比沼袋商店街來得更窄，林立著鞋店、蔬果店、熟食鋪、便利商店、藥妝店……而食堂、餐廳挨挨擠擠，數量特別多，加上友伴意見全無，令我當下立刻罹患選擇困難症，所幸靠自己開了一帖「一解思念」藥方，才讓症狀退散，最終選

柿子

定品嘗中華料理店「十番」；於東京求學階段，我光顧中華料理店的頻率數來最高。

「十番」的湯麵以雞湯為底，加上蔬菜增添甜味，再用鹽味調味汁鋪張出沉厚度，其中還浮著淡淡的蒜味與麻油香。煎餃則以扎實的外皮與摻有韭菜的餡料為特色。鹽味湯麵對我而言終究太鹹，但金黃飽滿的煎餃，一咬，「喀滋」的那聲「滋」未落，肉汁便噴濺而出，十足是懷念的食感。

離開「十番」繼續逛，瞥見一間餐廳前立著小小黑板，上頭用粉筆寫著「廣島牡蠣」——已是品嘗生蠔、奶油香煎牡蠣、炸牡蠣、牡蠣炊飯的季節了。日語中的「牡蠣」平假名與念法都與「柿子」同款，儘管肚子已納不下牡蠣美味，但喜愛水果甚於甜點的第二個胃還空著。

秋日彩繪

走過街角，蔬果店的五顏六色映入眼簾，一眼瞧見金紅色，立刻停下腳步小小聲、雀躍地喊：「是柿子呀！」

秋天到日本，偶能在巷弄間看到掛著金紅柿子的蒼勁枝椏伸出牆頭，映著清朗的藍天，極其美麗，而柿子的滋味更令人心心念念。

特別是日本友人因小時候家中院落種有數棵柿子樹，常說起柿子的種種：分不清甜柿與澀柿時，該怎麼辨呢？媽媽教她只要將果實切開，果肉有黑色斑紋者，就是甜柿；至於始終帶澀味的澀柿，她家有個妙方，便是將蒂頭沾些燒酒，倒著放三天，或用燒酒浸溼報紙，與柿子一起放入塑膠袋內，綁緊袋子後置於陰暗處，便能去澀；去澀後的柿子，剝皮曬成柿乾，秋日便濃縮其中得以保存；而柿葉太好，捏團醋飯，鋪塊鹽漬鮭魚或鯖魚，以柿葉包起再重壓，經過幾天發酵就成柿葉壽司；倘若澀柿不食用，則全家動員，經切碎、榨汁再發酵熟成為「柿澀」，用來染布或塗敷於家具表面以防蟲。

日本友人充滿感情的描述，讓我覺得柿子真是她家的秋日風物詩，也讓我對柿子的滋味更加依戀。

銀座通蔬果店攤的柿子碩大飽滿，喜孜孜挑選數顆放入購物袋，帶回民宿細細品嘗——美麗的色彩、爽脆的口感、甜蜜的滋味，是秋日啊！日語中有「季語」一詞，指的是俳句這類詩歌中，用以喚起季節生活感的語詞。柿子，真是秋遊俳句裡的季語！

紅葉，自也是秋之季語。

六義園、清澄白河庭園、東京大學的三四郎池等秋色，我們細細探訪。

日式庭園並無中式庭園「柳暗花明又一村」的幽深婉曲。尺度小小的六義園與清澄白河庭園，皆以一方池水為軸心，自入口處順小路環池而走，一路上，能將水池方方面面、漸次變換的紅葉風景，一點點攬進心底，是種步步往嫻靜裡探的美。

而高尾山的秋則如此恣意奔放，才自車站往登山口走不久，便有一大片翠綠、朱紅、豔黃和著秋陽金粉潑灑而來。

我們選擇搭懸空座椅式的索道車上山。曾在北海道的圓山乘坐過索道車，還遇見自下方一竄而過的狐狸，既刺激又驚喜，而該次迎風奔赴秋色，則是另一番暢快享受。

下了索道車後開始登頂，沿途男男女女、老老少少，亦有不少外國人。日本將登山視為強身健體的方式，非常鼓勵，與索道車並行的，另有纜車可供膝蓋不甚靈便的老人家搭乘，讓他們只需走短短山路，就能至藥王院參拜，亦能登頂飽覽美景，既親近了自然，也舒放了心胸、鍛鍊了體力。

紅葉

酸橘素麵

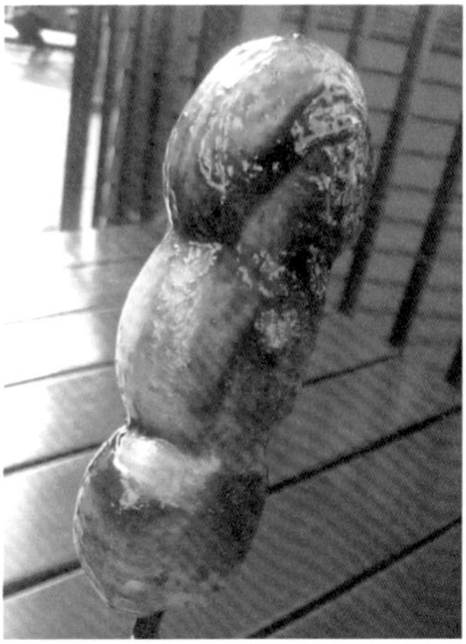
三福烤丸子

見著好多老人家，邊喊著自己「腰不行啦」、「膝蓋痛啦」，卻還是開開心心或自我解嘲地走完全程，真是太可愛了。

擦身而過的秋景與行人皆美，而高尾山更有另一種美。

下山途中經過賣吃食的小商鋪，買了一串三福烤丸子；以炭火烘烤得外頭微焦的丸子，外層刷上味噌醬汁而顯現飽滿金褐色。

品嘗時，就如日本人吃飯前的儀式，微微頷首小聲說道：「我領受了。」一口咬下，外頭微酥、內裡Q彈，鹹鹹甜甜的味噌醬汁隨著咀嚼細細化入丸子中，愈嚼愈有味，且渾身暖和了起來。

完食後，同樣如日本人吃飯後的儀式細語道：「多謝豐盛款待。」接著，將竹籤送回店家。

高尾山僅在登山客最集中處有個垃圾分類收集處，其他地方不見任何一個垃圾桶，即便小商鋪附近也沒有，但店家會負責收回自家賣出商品的垃圾，而在一旁棚座享用美食的登山客，也都會將垃圾整理好歸還老闆。登山途中，亦沒半個人隨意棄置垃圾，整座山是如此潔淨。

我喜歡日本人用餐的儀式，領受的是大自然的恩惠，感謝的是大自然給予的豐盛。是不是就因為像這樣懷著敬意與謝意，所以對山林、對天地無有一絲輕慢！

當日回到東中野，我帶友伴自車站左側隱而不見的小階梯走至一條窄窄巷弄，來到一家德島特色麵店「阿波壹兆」。之前友伴與同學敘舊去，我一人獨行，曾至此吃了「酸橘素麵」，大大驚豔。

日本的酸橘百分之百產自德島，該地的吉祥物便是「酸橘君」。酸橘在秋日結實，於尚未成熟、果皮仍為青綠色時採收，待成熟果皮轉為金黃色，香氣最盛，再經冷藏，酸味則變得柔和。美麗的陶碗盛裝著淡淡琥珀色湯汁，由德島的吉野川肥沃堆積物種植出的小麥，加上山河間寒風成就而來的半田素麵沐浴其中，其上切得極薄的酸橘片鋪排成複瓣花朵盛開模樣。秀色已可餐，清爽酸香的滋味更鑽入味覺深處再也不走。

不過，小店每日變換不同口味的素麵，帶友伴去的那晚僅有「和牛牛筋素麵」與「鄉村風素麵」。問了老闆，幸虧前次亦很喜愛的小菜「蘿蔔柚子漬」仍有，再加芝麻香氣大爆發的「醋拌芝麻菠菜」，以及烘烤得柔軟、散發著魚漿甜味的「德島天婦羅」，依舊得以享用金黃美妙的一餐。

離開小麵店，踅去銀座通，再到蔬果店帶走一袋柿子，多麼美妙啊，那個金秋。

2 陽光

我們一行人沐浴在〈豪雨交響曲〉樂音中，雙腳奏著〈水花進行曲〉，於友人導聆中，巡行過一間間桁架屋。

桁架屋為德國傳統建築，以裸露在外的木架構組成房屋框架，牆面則由軟木枝、麥桿編織後再塗灰泥。桁架分散承重並可防止房屋變形，外觀則形成戶戶皆不同的幾何造型組合；美麗的幾何造型，就如同在反覆中不斷加入各種變化的變奏曲。

總被喚作「工頭」的友人長居德國，購得一間名列古蹟的農舍後，於修建過程習得傳統造屋工法，後來回臺帶著志工靠雙手協力造屋或改造老屋，又大力推廣建築節能。我們跟他約在法蘭克福會合，準備前往阿倫斯堡（Ahrensburg）展開德式綠生活之旅，沒想到途中遇上滂沱大雨，交通嚴重阻滯，充當司機的工頭索性下交流道來到這個小鎮，為我們導聆了「桁架屋變奏曲」。

德式桁架屋

由於途中轉彎，離工頭住處近了些，加上眾人慫恿，離開小鎮後，他決定帶大家一覷他家老屋。

一抵達那兒，陽光現出和煦面容，古樸農舍前綠草濃密，蘋果樹枝繁葉茂，大門外的紅薔薇花開正盛，貓咪一溜煙跑過，一切都披上了太陽親切饋贈的金縷衣。

鄰人含笑跑來問候，一陣寒暄後，我們轉到後院，見著四處堆放的工具、木料，接著走進農舍，左側是已修繕完成的廚房、起居室及臥房，右側除了浴室、廁所外，仍為未動工狀態，二樓的整理更是很久很久以後的計畫。家，對工頭夫妻來說似乎不是名詞，而是動詞，還是現在進行式。

蘋果樹下的桌椅供我們安適歇息，金陽與熱茶為我們暖了身體，接著啟程趕路，在天黑前抵達阿倫斯堡。

隔日，於熱情奔放的陽光中造訪一座有機農場。

一進農場，接待者領我們來到戶外的木料存放處。他說：當地的柳樹等樹木砍伐供使用後，會留下小木塊、木片、木屑；木塊便是農場烘焙麵包時的最佳熱源，木片、木屑則用於生質能發電。

他轉身高高一指：「屋頂也都裝置了太陽光電系統。」

陽光親吻著我們，親吻著大地，親吻著太陽能板，也親吻著一輛超大型的貨車，令一切閃閃發光。

大夥兒對大型貨車很好奇，圍過去東看西看，又是摸又是丈量，還紛紛喊著：「好大啊！」「真是太大了！」

那是輛蔬果貨車，另有肉品車，只要開往農夫市集，即可變身為小商鋪。

由戶外轉進室內，先至烘焙坊，裡頭有位來自日本的見習生正在製作麵包。桌上麵團已醒，她打開老式烤爐，為我們比畫示範如何添柴火進行烘焙。

除了到農夫市集販售產品，農場主要提供訂購者每週一次的「綠菜籃」配送。

走進「綠菜籃」配送區，滿心以為會看到忙碌景象，沒想到卻靜悄悄的，輸送帶正如血脈運送氧氣與養分一般循環著，先是番茄，接著萵苣……送至端點，僅有兩位工作人員盯著電腦，依照上頭的顧客需求，不疾不徐將東西放進一個個菜籃。

「綠菜籃」除了蔬菜、水果，也包含雞蛋、鮮奶、啤酒。啤酒一箱箱擺在不起眼的角落透著清涼；鮮奶存放於足以令人大喊「好冷！好冷！」的冷藏室。更教人羨慕的是，一般「一籃菜」或「蔬果箱」，都是供應者應當季所產作物搭配，無法選擇，此處卻能量身訂做，就算胡蘿蔔大豐收，某個家庭若不愛胡蘿蔔，便會以他種根莖類取代。

我愛那灰綠色菜籃，更愛內裝的蔬果幾乎無包裝。菜籃送達訂戶，顧客將食品拿起保存後，只消一個摺疊動作，籃子就變得像塊板子般，絲毫不占空間。配送員下次前來，可輕易回收籃子循環使用。

又往戶外參觀作物種植區。

番茄藤蔓是強健的爬竿選手，爬高高，結出鮮紅晶亮的小番茄作為自己努力的獎賞。單用眼睛就感受得到鬆軟度的土壟，上頭設有一根根水管，水從管子流到滴灌口，直接注入番茄根部，如此滴灌方式既省水，還能讓番茄不至因水分過多而減低甜度。

一旁為堆肥區，果皮、菜葉、菜梗堆在高起的田壟上，等待時間轉化為肥料，同時，沒堆疊有機肥的另一邊田壟，已開始種起作物；那些農作隨時可吸收新鮮飽足的養分，難怪欣欣向榮。

堆肥區後方是一大片泥地，一群豬跑來跑去，更有豬隻直蹭地面，玩得好開心；那是牠們的遊戲區。

後來去參觀動物飼養區，又遇上許多可愛的豬；牠們在豬舍外以圍欄圈起的戶外空間，蹦蹦跳跳玩耍著。不一會兒，一隻左眼下方長了肉瘤的豬從豬舍走出，大家看到都忍不住問：「你怎麼了？」大概語言不通，牠沒理我們，只管開心地晃來晃去。

開開心心，開開心心，這裡的豬彷彿都開開心心的，應該由於可痛快玩耍吧！

這樣中型的有機農場，在德國上百成千，他們僅服務所在地的小區域範圍，以求降低碳里程數。

造訪的這座有機農場辦公室內就有張地圖，用紅點標示出每個配送處，形成如血脈般網絡。血脈輸送氧氣與養分，也輸送代謝產物與老化廢物；盡可能減少製造有害物，便能暢行無阻，生生不息。

而我們最期待的，是可一嘗農場老闆們的午餐，還有到農場有機超市大採買。說是「老闆們」，因為農場並非只有唯一主人，烘焙坊的經營者、種番茄的農人、專業堆肥製作者……每位都是獨立個體，以合作社的方式一起經營，人人皆老闆。

德國人習慣早餐、晚餐冷食，午餐熱食。「老闆們的午餐」正是熱食，炸豬排、馬鈴薯泥，加上豆子湯，還大黃蛋糕作為飯後甜點。

歐美的大黃與東方用於中藥的馬蹄黃不同，為另外品種，模樣頗像西洋芹，厚實的莖呈美麗的紅綠漸層，去皮、切塊、灑肉桂粉和糖之後，鋪排於蛋糕體上，再以蛋白糖霜或奶酥材料鋪頂烘烤，酸酸甜甜，具多層次口感。我一邊嘗著大黃蛋糕，一邊跟友人學習念起大黃的德語「卡巴－巴」。據說學德語的人都練過一句與大黃蛋糕有關的繞口令「Rhabarberbarbara」，有如我們練著「吃葡萄不吐葡萄皮」。

而有機超市裡，花草茶的種類幾乎足以形成一座花草園；吊掛著的整隻火腿，即使隔著玻璃，也似乎嗅聞得到飽含油脂的鹹香；裸賣蔬果區的規模比一般超市來得大，蔬果排列彷彿經過設計師精心配色與安排，就連提供的紙袋，也與之形成和諧之美；有機商品除了歐盟認證的Bio有機等級，更有歐洲最高標準的Demeter等級。

來到結帳櫃檯，發現一支用細繩綁著的放大鏡，拿起對著商品一看，標示頓時跳近眼前放大數倍，哈哈哈，真是太貼心了！

除了各自購足需要商品，工頭還為大家買好晚餐，準備稍晚拜訪馬丁時一起享用；馬丁是位推廣自然塗料的德國人，工頭的好夥伴。

離開農場前，馬丁前來會合，先帶我們到他的工作室認識取於礦物，從自然來，也能回歸到自然的無毒塗料，接著到附近的生態社區走走逛逛。

生態社區是指想法相仿的人，一起找地、找建商，蓋起心目中理想的房子，營造理想的社區。

社區位於樹林間，屋宇和諧融入環境，注重隔熱設計，例如採用雙層或三層氣密窗，陽臺與屋牆不緊密相連，以阻斷外部的冷或熱傳遞到屋裡，避免室內得頻繁使用空調而耗費太多電力。

居民們還改造一間舊建物，命名為「青少年房間」，供孩子們聚會、活動之用。漆成白色的圓柱型屋子極小巧，從玻璃窗往內一覷，廚房、桌椅兼備，簡單的布置雅潔可愛。

陽光的熱情化為柔情，從生態村穿越森林，偶爾停下賞賞遠景，或為聆聽小溪淙琤而駐足，最後來到馬丁家，小小前院花木扶疏，綠草為後院鋪上厚毯，一隻蛋雞悠閒散步。

午餐熱食，晚餐冷食，大夥兒忙著取出麵包、奶油、起司、煙燻臘腸、飲料，並鋪排餐具。

馬丁秀了一手，將不同飲料混和調製成彩虹漸層色彩；德國超市販售的飲料全外加包裝費用，且設有退瓶機器，退瓶後能取回之前為瓶罐所付費用，不愁沒能確實回收。

大夥兒對彩虹飲料嘖嘖稱奇，紛紛試飲並頻頻讚賞，此時，工頭開了醃漬鯡魚罐頭，大呼小叫要每個人過去嘗嘗。幸虧不是挪威地獄級臭醃魚，而是德國人用來夾麵包、做醃魚卷的俾斯麥醃魚。其作法為將抹上鹽巴脫水後的鯡魚，放入調和了糖、醋、月桂葉、洋蔥、蒔蘿的汁液醃漬而成，據說俾斯麥非常喜愛，因而得名。

嘗一口，軟軟滑滑的口感，猶在的腥味，標記了大海，也標記了我的勇氣。

不知為何，有人問起馬丁，如果蛋雞年紀大了，死了，他會怎麼做？

馬丁微笑著說：「我會將牠埋在這個後院。」

陽光柔情繾綣，但終究還是漸漸沒入黑暗，待之後再以光與熱與地球萬物相會。

蛋雞昂首走過，鑽入灌木叢，一切，都循環著，生生不息。

3 南法卡卡頌

「卡卡頌（Carcassonne）擁有歐洲最大的雙城牆古堡，牆內有住家，也有商店。」自土魯斯（Toulouse）市區搭上火車後，帶我們遊南法的朋友如此介紹道。

高聳於山巔雲霧間的新天鵝堡、帶有童話色彩的佩納宮、壯麗恢弘的布拉格城堡，我都曾探訪，不過，卻從未見過雙城牆古堡，因此極為期待。

來到卡卡頌，走入市區，大夥兒立刻被廣場的市集吸引。起司攤上，排列著有黃有白、有大有小、有圓形有切塊的各式起司；蔬菜攤靜物畫似的，番茄、大蔥、櫛瓜、朝鮮薊、娃娃菜，搭配出搶眼卻相襯的色彩；水果攤上的蟠桃、黃杏、香蕉、李子，招展著季節的豐碩。

更有一攤全是櫻桃，黑紫的、深紅的、紅的、粉的、白的，林林總總共八類。廚娘朋友蘇菲一口氣全買了。於是，我們一路走，一路吃，甜的、酸的、微澀的、略苦的，軟嫩的、脆口的、飽滿的……簡直嘗盡南法土地的富饒。

卡卡頌城堡

沿著街道走，兩旁是兩層或三層高的舊建築，我瞧見屋牆上排水管口的造型，忍不住喊：「是龍耶！」那眼神如此凌厲，活脫脫童話故事中的龍。

邊走邊逛，遠遠已看見聳立的城堡。

儘管很期盼走入雙城牆城堡，但來到跨越歐德河的橋梁，我們全站定，因為往下看，河岸綠地聚集著一群羊，還有許多孩子與少數大人。

「哇！是邊境牧羊犬！」蘇菲喊。

我看見了，一隻黑白毛色的邊境牧羊犬，隨著主人號令，一個跳躍，飛也似進了圍欄，隨即畫著大弧般四處奔跑，三兩下，將羊兒趕成一群。

第一次看到牧羊犬趕羊，覺得非常有趣。而且，邊境牧羊犬很有責任心，即使趕好羊，跳出圍欄回到主人身邊，還不時跑到圍欄邊，檢視牠帶領的羊群是不是還乖乖的。

羊毛紡織業是卡卡頌的經濟活水，牧羊是重要傳統，難怪有這樣的活動供孩子認識。

告別邊境牧羊犬和羊群後，往上坡走，愈走，愈感受到卡卡頌城堡的巍峨。抵達城門邊，看見有如鋪滿鱗片的尖塔屋頂在陽光下銀閃閃的，像極了龍身鱗片，也像騎士盔甲，霎時，覺著自己彷彿就要隨著屠龍騎士，騎馬踏過橫越護城河的步道，奔馳入城，去與惡龍決鬥，救出被囚的公主。

進了城，果真有不少商店販售騎士的鎧甲、頭盔，到處也可見騎士圖樣。童話中，騎士總是英雄救美，現實裡，他們擔負的是軍事防衛任務。卡卡頌在長達兩千多年的歷史中，始終是重要的邊境要塞，直到一六五九年，法國與西班牙爭戰結束，才失去軍事意義，轉為發展羊毛紡織業。後來，法國政府預計拆除城堡防禦工事，卻遭民眾強烈抗議，最終得以留下並修復，並列入世界文化遺產。

沿城內小徑散步，欣賞中古世紀的建築之美，時而覺得走入童話，時而好似穿行歷史。

走一趟卡卡頌，城堡予人歷史的厚度、童話的想像，亦窺見毛紡業傳統的延續，飽嘗了南法風土的美好。

4 柴燒麵包的滋味

清晨，農舍還靜悄悄的，綠草上點點晶亮露珠，櫻桃樹展示著色澤層次各不相同的果子；大樹下的鞦韆一夜好眠，儘管晨風輕搖，似乎還不太想醒；農舍後方的小白馬波尼，倒已睜大眼啃食著青草。

到南法旅行的我們，借住在這個位於土魯斯的卡爾博訥市（Carbona）郊區農莊。農莊主人紀永，是位麵包師傅。幾年前，他曾帶著妻兒，還有一把種子，用打工換宿的方式，以八個月的時間環遊世界。每到一地，付出勞力，認識當地的朋友、風土，也送上生於南法土地的種子。

他們一家曾拜訪臺灣東部及北部，結識我的廚娘朋友蘇菲，於是，我們才得以於南法行入住他家，體會農莊生活。

農舍的前廊有個紀永造的柴窯。一走入農舍，是寬敞的廚房，後有客廳，二樓全為臥室，三樓則還未整修。紀永一家在環遊世界前買下這座舊農莊，一切都靠雙手修復。

晨起梳洗後，我踏著青草，奢侈帶走一小把紅豔豔櫻桃，再跑去向波尼打招呼，回廚房不久，紀永便捧著一大籃麵包進門，後頭跟著蘇菲；兩人衣服上都沾滿白麵粉。

麵包是我們的早餐。凌晨兩點半，紀永與蘇菲就已起床，前往位於附近小鎮的紀永麵包店，挽袖製作麵包。

原味可頌有著酥脆鬆軟的輕盈口感；表皮油亮的巧克力可頌，稍稍一咬，巧克力醬瞬間滿溢；佛卡夏Q彈，多層次的滋味演出，由橄欖、番茄乾與各式義式香料擔綱；面具，是南法地區傳統麵包，極富嚼勁，每一咀嚼間，都有綜合香草的氣息盛放。

前一天，紀永曾帶我們到他的小麵包店參觀。那原是間老麵包坊，有座必須藉由燒木柴加熱的傳統柴窯。紀永於環遊世界回來後買下它，同樣靠自己慢慢整修，並留下柴窯。

一般而言，做麵包需要三位師傅，一負責麵團，一負責整形做麵包，一負責烘焙，紀永卻是小麵包店的主力。而且，柴窯比起電窯或烤箱要費事許多，但為了留下柴燒的傳統與滋味，他不怕辛勞，每日凌晨兩點半便上工，幸虧前一晚準備麵團

窯烤麵包（攝影——孫心瑜）

與醒麵事宜，有妻子分擔。

紀永畢業於著名的甜點學校，卻選擇在小鎮做有機麵包。有機麵包成本高，單以有機奶油來說，得自德國進口，價高不說，還要加上運費，但最後麵包賣價僅比普通麵包多上分毫。

為什麼選擇做費工不賺錢的事？為了不被綑綁於都會，與家人在鄉村自然過活？為了友善土地？為了提供好食物給村鎮居民？都是吧！紀永還想結合有共同想法的年輕人做更多事，讓人口流失的小市鎮恢復活力。

紀永的手作麵包，吃了還想再吃，除了美味，更由於裡頭蘊含了這諸多美好的心念吧！

5 法式餐桌風情

法國南部大城土魯斯的米迪運河旁，法國梧桐成排。六月近傍晚時分，天氣和暖、微風輕送。

我們剛自巴黎戴高樂機場轉機至此，於旅館放好行李，趁著天光鋥亮，沿著河岸散步，準備去造訪聖賽寧教堂。只是，自河岸轉至前往教堂方向，遠遠就看到它的正立面前方布滿施工屏障；不意外，旅行歐洲常遇古蹟整修，不得其門而入很尋常。

隨意走走也很好，不需討論，大家默契十足開始閒晃，來到教堂正對面的一間建築前，一起停下腳步。

「好美啊！」

「太雅緻了。」

建築前有個小小庭院，常春藤在米黃牆面展姿，桃色九重葛倚著灰石牆腳開放，另有松綠色、碧綠色植物，襯搭著泥土地面的白石及湖綠色的外遮陽窗板，成一幅簡靜圖畫。

「是間米其林一星的無菜單餐廳呢。」曾旅法多年，在臺灣開法式餐酒館的廚娘朋友蘇菲說。

「放棄明天上午的行程，來這兒吃中餐？」她引誘大家。

隔日行程足夠誘人，是沿加隆河岸騎腳踏車兜風，但這間餐廳外觀如此美麗，誰都想一探其中的米其林星級內涵，所以全毫不遲疑點頭表示同意。

現今，人們視米其林星級為美食冠冕，不過，米其林原為輪胎公司老闆為提高輪胎銷量所出版的小冊子，內容包括地圖、更換輪胎的方法、加油地點、用餐及住宿等資訊。起初這本免費小冊子並未受到重視，後來轉型為賣價七法郎的《米其林指南》，納入巴黎的飯店，根據類別列出餐廳名單，最終獲致關注，並有美食家開始四處探祕，以一星、二星或三星給予評等。

蘇菲訂了位，隔日，我們依時間來到餐廳。室內為白色簡約風，綴以極富現代感的設計，餐食則是與之能相得益彰的創意料理：紅絲絨珠寶盒內，以生的鷹嘴豆鋪底，擺放了野菇慕斯；內為干邑白蘭地的白巧克力，綴以金箔；沙拉擺盤宛如一座百花綻放的小花園……而法式料理少不了的麵包，水準一流，連搭配麵包的奶

干邑白蘭地白巧克力（攝影── 古碧玲）

油，也以螺旋狀小山姿態完美呈現。

每道料理都蘊涵細緻滋味，不搶、不顯，極為收斂，饕客唯有聚斂五感，才得以品味。

後來，我們到法國友人紀永的農莊作客幾天，聊起米其林。他說：「法國是個社會主義國家。餐廳獲得米其林的不同星級，就得達到規定的人員配置及相關要求。一間米其林餐廳，需要非常多人手，所以，從社會主義的角度來說，意味可增加更多就業人口。」

這些話令我回想起，我們六個人用餐，席間確實有多位服務生穿梭來去：有人負責送菜、解說菜餚食材及品嘗方式；有人送酒、介紹酒、供客人試飲、選擇；還有人不時前來巡視顧客有何需求。

紀永又說：「不過，獲得星級，餐廳必須達到的標準實在太繁多，成本也容易不堪負荷，所以有的主廚到最後寧願要求退星。」

與當地人閒聊，讓我得知米其林原有這般不為人知的面向。

告別紀永，我們旅行到巴黎南郊，並有機會在十二世紀修道院改建的獨特文化旅館（Les Hotel Paticulier）中，享用正統法式料理。

修道院腹地廣大，綠意盎然，又有古建築群落可欣賞。我們於午後抵達，喝過午茶，四處遊逛，還遇到一場歡樂的戶外婚禮。

直到晚間八點，餐廳始可入席，正統的法式晚餐於焉展開。

先上麵包、紅酒，再來是番茄慕斯、水煮蛋佐野菇醬汁、魚子佐綠番茄醬汁，中段為鴨胸與鱸魚雙主菜，接著，是以草莓為主角搭配華麗蛋白霜裝飾的大分量甜點，後續還有眾多口味的起司，最後用咖啡與小甜點做結。

每道上菜程序都慢慢的，搭配著服務員的菜色解說，以及慢慢的品嘗，整套餐用完已晚間十一點半。

蘇菲說：「法國人習慣用語言表達自己。他們每週至少與家人或朋友享用正式餐點一次，席間，既品嘗每種食物與紅酒或白酒交融時，產生的細緻味覺變化，也透過對話，細緻地與身邊的人交流互動。」

觀察他桌的法國人，確實如蘇菲所說，全慢條斯理享用美味，慢條斯理輕聲交談。原來，備受推崇的法式料理，是透過「慢」，品味漸次堆疊的多樣、多變滋味。

只不過，旅程中，我最難忘的卻是另兩張餐桌，一在巴黎郊區的夏海花園（La Cheraille），一在波爾多（Bordeaux）的德斯克酒莊（Château d'Escurac）。

法國人生活裡少不了花，夏海花園是座種植花卉的農莊，巴黎花店的鮮花泉源，我們在那兒落腳幾天。

絲滑奶油與麥香濃郁的麵包（攝影——古碧玲）

德斯克酒莊的葡萄美酒

花園主人是克里斯多福，除了他們一家，還有一位來自阿爾巴尼亞的移工，以及女主人的兩位臺灣朋友、一位日本花藝師，加上我們，人數不少，總把露天餐桌團團圍滿。

接近用餐時間，廚房便開始人聲雜沓，有人到旁邊的溫室摘採蔬菜，有人洗菜備料、動鍋弄鏟，有人忙著擺設餐具。

沙拉上桌、炒甜豆上桌，離餐桌不遠處的大樹下烤肉架，也升起縷縷白煙，先烤櫛瓜，再烤牛排，烤爐滋滋作響。

葡萄酒接著現身，再上附近農夫市集買來的新鮮生蠔佐萊姆切片，接著，烤櫛瓜和牛排先後到齊，開動了！

晴空湛藍，那兒的雲朵總好似棉花糖，陽光從枝葉縫隙間灑落照亮每個人臉龐。

最樸素的餐食，從產地到餐桌的距離如此之短，是簡單生活，以求與自然更平衡的一種實踐。

而另一張波爾多德斯克酒莊的餐桌，直到如今，彷彿還近在眼前。

由於同行友人將此酒莊美酒介紹、引進到臺灣，我們拜訪時，得以在女主人親自帶領下參觀葡萄園，而後聆聽導覽認識釀酒過程，並品嘗多個年分的葡萄酒，更享用一頓露天午餐。

這個莊園在十七世紀時原為農莊，後來轉變為酒莊，更開始採有機及自然動力種植法，也因發現種植梅洛（Merlot），以及赤霞珠（Cabernet Sauvignon）品種，容易導致土壤酸化，於是嘗試復育具平衡效果的小維多（Petit Verdot）品種，希望減緩暖化。

自然動力種植法意味著從自然借力培育農作物，好比愛吃葡萄的蟲蟲不喜蕨類氣味，便將浸泡過蕨類的水噴灑於葡萄植株，又或把泥土加水稀釋後噴灑，讓葡萄植株的外觀變得髒兮兮，亦能避免蟲蟲親近造成危機。而玫瑰嬌貴，於田壟邊角種上，若其生長出問題，就是葡萄也可能出問題的警訊。

午餐的餐桌設在一株月桂樹下，烤肉、酸黃瓜、各式下酒臘腸、煙燻套腸、水晶肉醬等簡單卻美味的食物，佐以天然佳釀入口。而用以釀造美酒的葡萄，近在咫尺，生長於彷若會呼吸的土地上。

藍天上偶有白鸛飛過，女主人說：「有蟲、有鳥，才有平衡的生態。」不知是否由於見到又稱送子鳥的白鸛，她隨之感慨地說：「儘管施行有機農法，卻深覺已經太晚，我們到底能留下什麼給孩子呢？」

自南法返臺不久，新冠肺炎疫情橫掃全世界，期間因地球暖化造成的災害不曾

德斯克酒莊露天午餐

間斷，波爾多地區的葡萄酒莊園，也一連遇到寒害、高溫與旱災，葡萄種植遭逢莫大挑戰。

而那張餐桌，餐桌上的美酒及佳餚，是否如常？我總念著、想著……

6 醬園

醬園裡，無人、無聲，只有醬缸兀自曬著太陽，好似一幅印象派景物畫，直到我們走入。

往裡走、往裡走，再往裡走，終於有人迎來，簡短招呼答問後，又歸於沉靜。醬園的辦公室桌上，擺著好大的算盤，不需數算帳目的時刻，一顆顆大珠子安分待著。

我們來到香港東北的古洞。

印象中的香港，該是拔地而起的擁簇高樓，該是川流不息的車陣人潮，該是霓虹閃閃的現代派頭。

然而，我的旅行，逃開觀光客的香港，只走尋常百姓的香港。

古洞，位於香港東北方，有山、有河、有田、有舊村落。我們拜訪果菜交易站、養豬場、農園，還來到這醬園。

園子裡，如此靜謐，靜到即便我們闖入，也只敢輕手輕腳、輕聲細語，就怕打破那份靜。

然而，靜謐中，一切都忙碌著：陽光忙著為醬缸加溫；缸裡的微生物忙著衍生，麵粉忙著讓醬與菌之間有更好的附著；製醬人也在必要時，忙著雙手入缸，將下層的醬翻攪到上層……

靜謐的忙碌中，醬油正透過複雜的交互作用生成著。

醬油，飲食之必需！

晶瑩腴潤的五花滷肉，必須靠醬油滷出鹹香、甘醇。

粒粒分明的炒飯，必須靠醬油包裹起美麗醬色，逼出特有焦香。

素白的嫩豆腐，淋上醬油，更能襯托清新豆香與甘甜豆味。

我們連著幾日來的港式料理，醬油亦是必要。

茶餐廳裡的腸粉沾醬，由香港俗稱「生抽」的淡醬油，以及俗稱「老抽」的濃醬油，混和其他配料而成。

朋友特意烹煮的臘腸煲仔飯，開鍋後，淋上了包含生抽及老抽的醬汁拌勻，立刻顯出令人傾倒的絕代風華。

酒樓裡的生抽煎大蝦，更直接以重要醬汁「生抽」命名，可見它是這道料理魂

古洞醬園

魄所在。

每日每日，人們幾乎少不了醬油。而今，雖然大多以機械化製造取代手工，然而，在香港東北的一隅，我卻見著了古老釀製法，了解了古老的工序。

訪過古老醬園，雖因行程還長，沒帶走生抽或老抽，但離開香港回到臺灣，每每嘗著因臺灣手工釀製醬油而彰顯甘甜美味的料理，總想起陽光，想起微生物，想起釀製師傅的雙手，想起古老醬園裡慢悠悠、靜悄悄的時光，心中隨之發酵……

7 不想告別

我幼時的香江，甜的。

每回爸媽、親戚到港，返程總帶上各式糖果：包裝繽紛的「華泰興椰子糖」、方形鐵罐裝的多彩「瑞士糖」、包裹著棗泥及堅果香的「甜香園南棗核桃糕」。

我最愛挑著顏色，打開瑞士糖紙包裝：紅的，是草莓；黃的，是檸檬；橙的，是橘子……一顆一顆，分辨著不同滋味。

大人們也常自那兒的乾貨店，帶回墨西哥車輪鮑罐頭、干貝等食材。年節時，母親宴請親友便會用上。鮑魚雞湯、干貝芥菜心，湯汁全吸飽海味精華，入口後，甘甜緩緩釋放、縈繞。

甜的，飽足的繁華，我幼時的香江。

長大後，第一回偕友人香港遊，是九七前；初次到訪，便帶著告別的意味。

當時，那兒已然有了共享經濟。香港太太將家裡多出的房間日租給觀光客，我們就落腳那兒——旺角，靠近女人街的一處小公寓。香港人的精明由此可見，然而，是精明嗎？抑或是在時代絕不停腳、絕不回頭的追趕下，不得不的小處盤算。

那屋，狹長的格局，幽暗的光。晚起早回，屋總是空的，偶自廚房窗口，飄來隔鄰的煲湯香。煲湯啊，是港式美食重要代表，但當時年輕又貪玩，口袋淺得很，吃得起的泰半是美心、大家樂這類快餐廳，圖個快速的新鮮罷了。

直到離港前，穿行小巷弄，不意遇見一間小店。店前爐灶慎重擊著一排陶鍋：有的正冒起蓬蓬白煙，有的肚腹中剛入米水，有的還空空如也，像一個等待。同友人入座、點餐、等待，等著爐火暖鍋，等著幽幽白煙升，等著縷縷飯香飄，告別，確也合適如此悠緩。

慢慢讓生米煮成熟飯，慢慢任米飯吸飽臘腸的腴潤油香，慢慢剪開臘腸、淋甜醬油著色。以悠緩成就的陶鍋內米飯，顆顆閃爍著東方之珠的豔澤光亮。

煲仔飯以悠緩待我，我也回報以悠緩，將每一口鹹香膏腴，嘗個透、品個盡，永誌不忘。

此後，以為再不會有香港行，卻因工作及其他緣故，又到幾回，其中，那個跨耶誕節的年尾巴，至梅窩訪友，得見不一樣香港。

我們隨著Chow在古洞逛醬園、看木材廠、聽養豬場的婆婆說著小豬崽的種種，還訪了在地農夫。

Fung，陪我們拜訪南涌；那裡有群人養地種菜，為的是留住原有生態。Fung，平日工作外，也隨朋友在東涌種菜，當起年輕農夫，更腳踩生活的大嶼山土地，與老農真摯互動。

又有阿昌帶我們走鹿湖古道；那是過往中國僧侶因動亂遷移至大嶼山落腳，為了出入，徒手以顆顆石頭砌起的古道。阿昌走這麼一趟，是希望帶更多人來走歷史文化、走大自然，感受慢活分秒。

香港的年輕人是將自己種在土地上了！

種於土地、連結於自然的，還有許多我所不曾見。

好比在坪洲逛菜鋪時，豆薯、西洋菜、芽菇，都讓我欣喜睜大雙眼，興奮詢問烹調法。

好比到長洲逛小店，驚奇看見活的瀨尿蝦，直追龍蝦似的大，曬乾了，個頭是蝦乾之最。就連章魚乾也大得超乎想像；據說那叫泥章魚，用以燉蓮藕，但得加些綠豆同煮，免得太補。

懂吃的好友更日日帶我赴盛宴。

現做腸粉

難忘在坪洲的老式酒樓午餐。

店家問清有幾人，便給一張單，拿著單到爐灶處，從冒著煙的蒸籠裡選取想吃的點心。享用美食時，可看著同桌的當地居民，如何以壺裡的熱開水及店家供應的玻璃碗，一次到位洗筷、洗杯、洗碗。

老酒樓的點心不華麗，卻全是真滋味，沒任何一位顧客再添多餘醬料。與其他人一樣，我們點的不多：蝦餃彈牙；燒賣飽實；水晶餃腴潤；油飯不油不膩，粒粒分明粒粒香；馬拉糕最好，一咬便咬住滿口鬆軟與蛋香。點心拌市井小民的閒嗑牙，實在夠味。

但最難忘的還是長洲。

那晚，我們在小食肆吃漁民現捕的「撻沙」等蒸魚料理，佐以綠豆海帶甜湯，隨後捧著一肚子鮮美四處遊逛，行至港口前，被成排路邊攤給留住。

有一攤，花枝招展著姿色各異的丸類、海鮮、內臟、蔬菜，食客各選所愛，或用來炸，或用來入湯。

再一攤當場現做腸粉外皮，包裹圓滾蝦仁或酥脆油條。另有可自選配料的廣東粥，牛肉拌米粉、韭菜花等配料入碗，舀進生滾白粥，著實引人食慾。

還有賣碗仔翅、魚片湯的。想點餐得照規矩：碗仔翅可混魚片湯，魚片湯可加生菜成為生菜魚片湯，但碗仔翅不能混生菜。看著老闆拿整盤魚漿，片出魚片入湯，好想嘗試看看。

剛吃飽絕不是問題，我的胃能屈能伸，但，我與好友都有難以使用一次性餐具的癖性，筷、匙，隨身有的，獨獨缺碗。於是，我認真對她說：「下一次自備餐具來大吃一頓。」好友爽朗一笑，鏗鏘回答：「好。」

下一次啊……

這樣的信誓旦旦，該是為了給不想告別的自己一點安慰吧。

時至今日，好友已移居臺灣，但我仍不想告別，不想告別那未竟的盛宴，更不想告別的是，那市井裡充滿著的、自由與昇平氣息。

坪洲老式酒樓點心

長洲小店的蒸魚料理

8 繪畫北京

如果要我描繪北京，第一張圖的取景既不是紫禁城，也不是頤和園或野長城，而是七八九藝術區。

這個藝術區原為老工廠，因停產閒置，後來如同紐約蘇活區的歷史建物以低廉租金吸引藝術家進駐，形成藝術聚落。廠區搖身一變成為展場，挑高、少了牆壁拘束的空間，奔放著粗獷工業風，戶外處處可見色彩豔麗濃重或巨大的裝置藝術，並有許多風格各異的塗鴉牆。

但我想畫的都不是這些，而是一間韓式餐館。

七八九藝術區有各式各樣的餐廳、咖啡廳。中午我們想在戶外用餐，於是選了有露天用餐區的韓式餐館；任一餐皆不可無菜的我，點了韓式拌飯，肉食主義同伴點了韓式烤肉飯，還有人嗜辣，韓式辣炒年糕自然入選。

用鐵碗而非石鍋盛裝的韓式拌飯十分一般，但春日暖暖，伴著烤肉的香、年糕的辣、朋友間的笑語，仍有滋有味。然而品嘗到一半，我們三人同時瞪大眼睛面面相覷，隨後幾乎同時飛快站起，端著盤、捧著碗就往餐廳裡衝。

甫坐下喘口氣，就覺眼睛刺刺的，入了沙子顆粒。是了，方才在我們後方不遠處猛的興起一陣狂風，飛沙走石，讓人全籠罩在沙塵中，然倉皇奔逃間，沒忘餐食。

「還吃嗎？」

「不吃嗎？」

很一般的韓式料理加上沙塵調味，變得很不一般！

據說，北京沙塵暴並不完全來自異地，亦有就地起沙，難道我們遇上這種沙塵暴？此前，我不曾吃過這麼具動態與驚詫感的一餐，所以繪一張圖，名為〈狼狽之最〉，圖中的奔逃的我還不忘護住手中的「鐵飯碗」。

逛過七八九藝術區，三人搭巴士返回借宿的四合院，因途中遇上大塞車而晚歸，四合院的主人，也是邀大家到北京一遊的朋友，著急得不得了，一見我們，立刻迎上前說：「氣象預報要下大雨，好擔心你們遇上淹水困在路上。」

此前完全不知，北京這個老城市，地下僅設排水管，而無下水道，每逢暴雨往往氾濫成災。

抬頭一望天空，烏雲聚合，竊竊私語著大雨一發將不可收拾。沒人希望豪雨成災，烏雲似乎聽到大夥兒心聲與禱告，一陣耳語後，決定另謀降雨之地，開始挪著沉重身軀緩緩移動，移啊移，過了院子的天空，漸漸遠去。

烏雲最終選擇路過，否則我的〈狼狽之最〉畫作取景，便不會是七八九藝術區。

另有一張畫名為〈過門不入〉，過的是烤鴨店的大門。

到北京該吃什麼？許多人一定說要吃北京烤鴨！確實，烤鴨是北京大菜，世界知名。

烤鴨原稱燒鴨子，隨著明成祖朱棣遷都從南京傳到北京，當時採燜爐烤法，把高粱桿放入青磚砌成的地爐點燃，待爐膛燒熱後熄火，將鴨子放至爐內鐵架，關上爐門，靠著爐壁熱力烘熟，一次進一次出，當中不能開關爐門，師傅必須具有豐富經驗，鴨子才能熟得恰到好處。後來，清朝接管北京，接管皇宮，為攏絡漢族官員設置滿漢全席，燒鴨子入了菜單，與滿族的烤乳豬一起成為燒烤大菜。那時，只有烤乳豬是包在荷葉餅裡品嘗的，燒鴨子則搭配燕窩、冬筍做成的菜餚一起吃。

到了乾隆年間，御膳房仿照烤乳豬的作法，將燒鴨子改良成掛爐燒烤。清朝末年，有家賣豬肉和生熟雞鴨的小店掌櫃，請曾在御膳房工作的孫小辮兒做起這種掛爐烤鴨，於是有了全聚德，並與自明朝就開業，採用燜爐烤法的便宜坊名列知名烤鴨店。

北京遊的某日，始終忙碌的四合院主人得空，帶我們到煙袋斜街逛逛。

北京城為棋盤式街道，少見斜街，煙袋斜街是歷史最悠久的斜街，過往居住在北城的旗人多有抽旱菸或水菸的嗜好，那裡因而成了賣菸葉和菸具的商店街，而今則聚集許多特色小店。

春日夜晚宜散步，一行人步履輕鬆地逛街、看商品，而後轉到鐘樓與鼓樓。都說北京人會生活，確實，比起名勝景點，我更愛看公園綠地的晨運風景：大叔以大毛筆蘸水，即刻畫出一幅古典仕女圖；兩、三人齊聚，一來一往，或盤或拐或勾地互踢毽子；大嬸舞動彩帶，變化之快速令欣賞者眼花撩亂；還有合唱團練唱，聲勢壯闊雄渾。

到了鐘樓、鼓樓，則欣賞到版畫似的夜間休閒風景，跳廣場舞的，打拳的，健走的，邊散步邊聊天的，邊遛狗邊哼歌的，與晨運風景一樣好看。

暮鼓晨鐘，一天就要過去，我們離開鐘鼓樓來到什剎海銀錠橋畔，璀璨燈火間林立著餐廳，有以炙子烤肉知名的「烤肉季」，亦有中國四大菜系之一魯菜的百年老店「慶雲樓飯莊」。

我們早在四合院吃過晚餐，經過名店並未停留，只是再往前，卻全都站定不動，只因看到一片玻璃窗內，有位師傅正用老式的爐烤著鴨子。

吃飽撐著，正好欣賞。

烤鴨烤鴨，精確來說，是外烤內煮，因鴨子的右翅膀下方開了小洞，用來取出內臟，也用來灌入清水，再以線縫起，並用一小截高粱桿堵住鴨屁股。當外面的火一烤，裡頭的水就沸沸滾滾，既讓鴨子身上的水分不致流失而保持肉質軟嫩，水蒸氣更讓鴨身鼓脹，撐開鴨皮，形成薄脆口感。

掛爐烤鴨師傅得像功夫高手般，用挑杆不停調換吊掛在紅通通柴火上油亮亮的鴨子，等到要出爐時，則以挑杆挑起鴨鈎子，讓鴨子的背部朝著火，隨即杆子往後一抽、一扭，再用力一拉，一氣呵成地讓鴨子避開火苗，盪出爐門。

吃飽撐著而留下了這張圖，而〈過門不入〉似乎成寓示；隨著後來對飲食的認識稍多，加上始終沒忘記小時候被填鴨的不好受與不消化，我對諸如採用填鴨的北京烤鴨、有強迫灌食疑慮的鵝肝，還有籠飼雞鴨及蛋品，往往能避就避。

北京烤鴨打宮廷飛到民間，亦有從民間被挖掘至宮廷琢磨成美玉，例如豌豆黃。

我不嗜甜，但風韻內蓄的甜食仍可能成為心頭好，豌豆黃就屬之。

北京遊時，去了牛街，看清真寺，嘗清真小吃，還逛了清真超市，在賣糕點的櫥窗裡，見著驢打滾、豌豆黃等點心。

臺北初初開了「京兆尹」，曾由於好奇前去嘗鮮，清宮涼麵、炸醬麵、爛肉麵等料理外，還有山楂糕、桂花涼糕、爐打滾、芸豆糕、愛窩窩等琳瑯滿目點心，其中的美玉般的豌豆黃爽潤滑順，一縷豆香綿長，很得我喜愛。然而，牛街超市裡的糕點，卻讓我瞪著雙眼瞧，「京兆尹」的點心全都細細巧巧，那兒的卻好大、好大、好大！

服務員站在夾著兩盞小檯燈的大盆前，切著以糯米與紅棗製成的甑糕，也有忙著替糕點裝盒、秤重的，櫥窗前排列著芸豆糕、驢打滾、豌豆黃、桂花芝麻糕、椰蓉卷糕等，全是想像不到的尺寸。

儘管獨愛豌豆黃，但也許因為與腦中的模樣實在相差太遠，最終沒能買下。

回到四合院，主人的北京朋友正好來訪，我大驚小怪說起牛街糕點之巨大，他們笑說知道哪兒有滋味與品質最純正的京味糕點，下回買來讓大夥兒嘗嘗。

我確實大驚小怪，豌豆黃本是大塊的。它原為民間小吃，過往每到農曆三月初三，北京城的人們會出崇文門，沿護城河南岸往東，前往東便門蟠桃宮逛廟會，推著獨輪車的小販也聚集而來，喊著：「噯……小棗兒豌豆黃，大塊的喲。」顧客上門，小販熟練掀起大鍋上的溼白布，切出一大塊鑲嵌了滿滿紅棗的豌豆黃送上。三月初三之後直到五月，北京的大小胡同便能常看到獨輪車的身影，聽到聲線極富變化的叫賣聲：「噯……小棗兒豌豆黃，大塊的喲。」

這種豌豆黃又稱粗豌豆黃，在大砂鍋將白豌豆去皮熬爛，再加煮熟的紅棗與白糖熬成濃稠粥狀，而後添石膏水使其凝固放涼即成，香氣濃郁，甜沙沙的口感帶有一絲清涼。

據說明朝由回回發明的豌豆黃，到清朝被迎進御膳房加以改良：用小石磨將上好的白豌豆去皮、洗淨、泡水三趟、加上一點點鹼，以專用銅鍋細細熬成稀粥，過篩後倒回鍋裡，加冰糖，以木鏟慢慢翻炒，過程中得掌握時間與火侯，免得水分太多無法凝結成塊，或水分太少成品出現裂紋。豆泥炒好還得倒進白鐵盒，蓋上薄薄一張紙，待晾透切成手指肚般大的方塊。不加紅棗的細豌豆黃細膩純淨，溫潤爽滑，成為宮廷席間不可或缺的美食佳點。

四合院主人的朋友於兩、三天後，依約帶來數盒北京傳統點心，山楂糕、驢打滾、愛窩窩、象鼻糕之外，也少不了豌豆黃。

陽光暖融融，大夥兒圍坐於院子的棗樹與香椿樹下，沏上一壺茶，一塊兒品嘗這些糕點。含一口豌豆黃，任它在嘴裡化了，真是回味無窮。於是，我自也要繪張

〈重逢豌豆黃〉了。

回味無窮的，還有香椿包子。

以往北京的院落裡往往會種樹，香椿即為人們非常喜歡選擇的樹種。抵達北京的第一天，進了朋友家，灰瓦青磚的四合院，門、柱、窗框等局部飾以朱紅或黛綠彩漆，院裡的香椿樹與棗樹搖曳著青碧波浪，飯廳的大桌已擺上午餐，主食為香椿包子，是管家小劉親手摘採香椿嫩葉，親手擀麵製成。

北京人愛在春日品嘗香椿料理：用熱油翻炒成金黃含翠的「香椿攤雞蛋」、將一枝枝香椿裹麵糊油炸而成的「炸香椿魚兒」、把汆燙後加細鹽搓揉並剁碎的香椿混上豆腐的「香椿拌豆腐」，還會將香椿當成炸醬麵的麵碼兒，或餃子、包子的餡兒。

小劉的香椿包子碩大飽滿，一口咬下，外皮帶勁道，內層藏鬆軟，隨之油潤鮮香充盈而來，包裹住每個味蕾。能摘採香椿嫩葉的時間約莫只有半個月，量少珍貴，將香椿入包子當餡極為奢侈，我們竟能享受這等美味。

小劉來自外地，原本對北方麵食十分陌生，但四合院主人的父親每每從臺灣到北京，因懷念家鄉味而手把手教他做餃子、包子、烙餅、麵疙瘩……練就他一番好手藝。

四合院的香椿及棗樹

待在北京的那些時日，小劉天天打點餐食，由於人數眾多，導致他每天上市場都得扛著大袋食材回來。即便我們前往時程較短的景點去玩，中午順路回四合院拿個東西或稍作休息，小劉也會立刻出現，拋下一句：「在家簡單吃吃吧！」隨即進了廚房，三、兩下準備好。不管是西紅柿雞蛋炒麵，或是烙餅搭中式木須肉加臺式炒青菜，都是能讓食材彼此融合卻又不流失本性的好味道。

晚餐更別說了，除去一次外出品嘗南門涮肉，其餘全在四合院享用盛宴。我們會幫忙布置餐具，更不時跑到廚房探頭探腦，雖說是充當跑堂上菜，其實更為了先聞聞飯菜香。

待菜餚都上桌，大夥兒都入座，小劉便垂手站在一邊，若看主人沒任何吩咐，在我們動筷、閒聊間，便呼溜不見蹤影。四合院的主人說，他們老是要小劉一塊兒用餐，他卻怎樣都不肯，那時我們也多次邀他入席，然而他總露出靦腆的笑，搖搖頭。

四合院所在的胡同，入口處一家小雜貨店賣有花生，晚餐我們喝啤酒喜歡佐著吃，由於太香脆順口，常不知不覺吃個精光，但只要四合院主人喊一聲：「小劉——」他便立刻現身，接住吩咐即刻出門買花生去。

幾乎都是這樣，需要小劉時，他就在眼前，事情辦妥，他轉瞬消失，但只要再一聲「小劉——」他又出現，很有那麼一點來無影去無蹤的味道。我原本很疑惑沒見他時，人到底藏哪兒去了？後來才知他都待在大門邊自己的小房間裡，低矮的小門上掛著布簾，白日裡房門不曾關，只為聽清任一個叫喚，掌握任一個動靜。

真是舊時日裡走出來的人哪！

要離開北京時，摘採香椿嫩葉的時節將盡，他又為我們做了一次香椿包子。〈香椿〉，成了我北京遊最想畫的一張圖：香椿一樹翠碧，映著青磚、灰瓦、紅綠門窗門柱的四合院，右側作為餐廳的廂房裡，略略可見桌上香椿包子正散發熱氣，大夥兒群聚享用美味，院子一角，隱隱看得到那個垂著布簾的小房間，風，微微吹起布簾……

香椿包子是四合院主人父親的家鄉味，是許多北京人遠行時懷念的家鄉味。而小劉自何處而來？有哪些記掛的家鄉味呢？那時，我怎忘了問問他！

9 豐食麵點

友人長期旅居西安，一次他回臺，於聚餐席間吆喝著說：「來玩啊！春天來，天氣好，還能賞花，牡丹苑裡的牡丹，開得可漂亮了。」

牡丹花團團圓圓的模樣，富泰貴氣，總讓人聯想到唐朝仕女，也讓人聯想到流金豔彩、雍容大氣的盛唐。

而西安，儘管曾為歷代都城，現今留存城牆樣貌則是明代修築，我卻也總不自覺將它與唐朝畫上等號。

來自古都牡丹的邀約，沒誰能有推辭的理由，但要協調出大家都得空的時間，畢竟費了一番工夫，敲定期程後，已幾近入夏。我問友人：「等我們去了，牡丹還盛開嗎？」他向來有豪氣，以似乎能呼風喚雨的語氣回我：「我叫它們留下幾朵等你們。」

為「賞長安牡丹」而去，終究錯過，前往大雁塔、牡丹苑，都只見月季與芍藥，不過，陝西麵點多如繁花，令人眼花撩亂。

於友人親手料理的臺、客混搭家宴後，外食第一餐在「小六湯包」。那兒的湯包不戰而敗，因為我們可有十八摺的鼎泰豐，不過，席間黑乎乎的，像麵又像涼拌菜的料理，倒是新鮮。那叫「餄餎」，一種自明朝流傳而來的麵點，又稱「河漏」，使用餄餎床製作，靠人坐上木桿往下一壓，蕎麥或玉米等麵團就從篩子孔洞「漏」出，落入滔滔如「河」的滾水中。我們點的是涼餄餎，細長的麵條澆上油潑辣子、老陳醋，一點兒黃豆芽與青蔬以爽脆伴著麵的Q彈。

造訪明代古城牆及曲江池遺址公園那天，享用的是乾州麵點。菜一上桌，狀如菊花的乾州鍋盔立刻吸引眾人目光。據說秦朝軍隊為了統一六國而四處征戰，行軍時需要乾糧，便將麵團放入圓形盾牌裡，用大石頭圍圈生火，以小火慢烤成厚重如盔甲的麵點，因此稱作鍋盔。鍋盔切片後嚼來外脆內韌，附上一盤辣醬，蘸著吃，醬香揉合麵香，也添了些潤澤。

另有乾州酸湯麵頗特別。服務員推著小車前來，於桌上放置四碟配料，分別為蒜苔、青蔥、香菜、青韭，又有小爐置於空椅，接著，就在桌邊為我們現煮：先在鍋裡煮沸酸湯，加入蛋皮，接著下細如髮絲的一或兩坨麵，並以湯勺迅速將四種配料撥進碗裡，隨後把鍋中煮熟的麵連同酸湯舀入碗。我原本嗜酸，且配料襯得湯頭更顯鮮香，麵的口感又十分滑潤，唏哩嚕呼便一碗接一碗。

乾州酸湯麵也有傳說，據聞唐朝修築乾陵時，軍卒和百姓不分日夜趕工，他們的家人將擀好切細的麵條搭在竹竿上曬乾，再捆成一把一把，連同調好的酸湯送至工地，以供勞動者休息時下麵澆酸湯食用，既充飢又解渴，後來漸漸演變成如今的模樣與吃法。

後來去逛回民街，見識到麻將涼皮、肉夾饃、炒涼粉等多種麵點，不過當日午餐，品嘗的則是羊肉泡饃佐糖蒜。

儘管我抱著隨興的旅行哲學，未見牡丹並無遺憾，但想起時總要虧虧老友說：「你不是說要叫牡丹等我們嗎？」

不知友人是否太不甘心？還是真神通廣大？那日來到耀縣銅川的藥王寺，走過腹地頗大的各區域，正準備折返時，友人說尚有一區未拜訪，說不定有牡丹等著我們。大夥兒由他領頭匆匆趕抵，鐵柵門正好關上，都已過傍晚五點，友人依然央求師傅說想入內一覷，師傅竟也允了。裡頭可參觀處因委外經營，門扉皆緊閉，但園子裡真有牡丹盛放；豔色牡丹花香濃郁，我們如蜂蝶盤桓不去。

這下，順心遂意賞了牡丹，再也沒話頭虧老友。

訪藥王寺為午後，那天上午參觀三原城隍廟時，嘗了金線油塔，並在「老黃家」用午餐。

金線油塔是唐朝美食，做工繁複，麵皮桿好，塗上煮化後加了鹽與五香粉的豬油，再切為小段，繞著手指纏為塔狀。它原本是用烤的，後來改成蒸的，蒸熟後拿起以筷子挑散，再澆上油潑辣子食用。不過，我們匆匆路過，買了，手一抓，直接當成點心兩、三口吃下。

「老黃家」是正餐，疙瘩麵、籠籠肉夾饃、泡泡油糕慢慢嘗。疙瘩麵上了桌，每人三份燙熟的麵、一碗酸湯、一碗肉燥，再一碟油潑辣子。我們一時之間不知如何下手，得聽友人細說分明：一將乾麵拌上肉燥享用；二將麵放入酸湯，再加油潑辣子拌勻後，只吃麵，留下酸湯；三把最後一份麵入酸湯，加油潑辣子及肉燥品嘗。而籠籠肉看來紅通通的，極為肥潤。它是以五花肉加上米粉、辣油、五香粉等配料蒸到軟爛，再夾入很像臺灣刈包的饃當中，吃來鹹香帶辣勁。

泡泡油糕屬油糕的一種，但就像有人朝它用力吹氣似的，膨脹成氣球形狀，用筷子輕輕一戳就碎，餅皮薄如蟬翼可透光，咀嚼時酥脆中纏綿著桂花香。據說它是唐朝宮廷中大臣初拜官或升遷，獻給皇帝之「燒尾宴」名點。要做出泡泡油糕得靠廚師高超手藝，掌握油、水、麵的比例，並控制油溫，讓油糕投入鍋內，內部可產生大量水蒸氣，好漸漸膨脹焦化成氣泡狀。

水煮羊肉與油餅

回民街肉夾饃

鍋盔和涼菜

著實是唐朝的長安哪！單麵點就有如此之多的唐代飲食流衍。

拜訪藥王寺那日，登高望遠時，驚喜見著散布著窯洞的黃土坡，離開西安前兩天直上翠華山的秦嶺大草甸，亦路經黃土小山村，沿途景色更是斧劈皴、披麻皴所皴出來似的。

北方風土如渴筆皴擦，小麥、雜糧拔地起，西安連日的豐食麵點，就生自我們腳下踏過的那片大地。

10 好好老著

聲音會老嗎？那日，因一通產品使用調查電話，對方誤猜我為花信年華，引我認真想著這問題。如若將成人前的聲音變化算「長大」，那麼，我的聲音至今還真不老。

我對「老」的感知一向遲鈍，都說三十之後，每個「十」的節點往往卡出心上的大彎折，我卻連個小印子、小摺痕都沒落下，所以不曾認真思及「老」與「不老」這事，直到那回里斯本之旅。

是個四月天，葡萄牙的紫藤盛放季節，飛越遙遠航程抵達杜拜機場，歷經漫長等待後轉機至里斯本機場，接著搭地鐵來到市區。出了站，跳入眼簾的是立著葡萄牙國王若望一世騎馬雕像的無花果廣場，四周有氣派的紅瓦奶油黃老建築環繞，而行李箱隨即因遇上石板路，開始「嘎啦嘎啦嘎啦」唱起老城才有的曲調。

往上坡尋民宿去，行李箱的歌聲漸拉緩、拖長，又猛的戛然而止——友伴發現她的護照憑空消失了，幸而幾經周折，靠著臺灣駐里斯本辦事處獲得解決。辦事處的親切人員對我們說：「這兒窮，常發生扒竊事件，但還不至於搶就是了。」

原來是經濟困窘所迫呀！

隔日，白晝和暖，夜間氣溫陡降至七度左右，還下起霏霏冷雨。我們打傘穿行於彎彎曲曲的石板下坡路，最後鑽進一條巷弄，右側牆上可見張張照片，皆為「法朵（Fado）」歌者。那晚，我們與葡式料理及葡國傳統歌謠「法朵」有約；「法朵」起源於一八二〇年代的里斯本，情感濃烈，充滿起伏轉折，又因該國自古海運發達，許多歌謠以水手心聲為主題。

不一會兒，小餐館出現眼前，鑽入低低窄窄的門，迎來一片空蕩；可能因天氣太差，我們是唯一客人。

當服務生送上菜單，我看到一道拼音為「Tempora」的菜餚，想起曾譯過一本書，其中提及天婦羅就是從葡萄牙傳至日本的，於是興奮點了它。

信奉天主教的葡萄牙人，在春夏秋冬四季會舉辦感恩及齋戒活動，稱為四季齋期，禁食肉類，僅能吃蔬菜和海鮮，然而窮人吃不起海鮮，便以油炸四季豆取代，就稱「Tempora」，由於經濟又便利，水手將它當成航行中的菜餚。十六世紀，葡萄牙發展海上霸權，輾轉到達日本，當時日本正處內戰，需要槍枝火藥，便開始與其

油炸四季豆

貝倫蛋塔

葡式鹽醃鱈魚餐

FADO
PATRIMÓNIO
DA HUMANIDADE
HERITAGE OF HUMANITY
PORTUGAL
ESSENTIAL
法朵歌者雕塑

通商，並學會使用麵粉的西式油炸物料理法，也引進天婦羅；當時人們將麵粉、雞蛋、砂糖、鹽巴、酒混和在一起，不加水，製成麵糊後包裹食材油炸，成品的外衣很厚，有如油煎餡餅一般，後來幾經轉變才成為大家熟悉的天婦羅模樣，還傳到臺灣演化為甜不辣與黑輪。

馬鈴薯泥、葡汁焗鮮蝦、油漬章魚等菜餚一道道上桌，炸四季豆也現身了，一口咬下，麵衣果真以厚實感相迎，四季豆的脆甜緊接而來，滋味並未帶來驚豔浪潮，卻有餘波盪漾，只因居然吃到那麼老的食物，還是甜不辣與黑輪的最早前身。

不久，餐館一角，古典吉他與無花果造形的低音吉他，開始雙雙滾動起波濤般旋律，女歌者以如同巨浪力道的歌聲，領我們心神顛盪於海上！顛盪的，是人的命運，還有物的流轉。

葡式蛋塔裡便有著這般流轉。

一日，我們逛過貝倫塔、發現者紀念碑、傑洛尼莫斯修道院，前往名為「貝倫糕點」的老店品嘗葡式蛋塔。蛋塔層疊的酥脆外皮盛裝著滑潤奶黃色內餡，內餡表面再盛裝著甜蜜焦糖色小窪，秀色、口感、滋味皆誘人。

人類史上第一位從歐洲遠航至印度的探險家，是葡萄牙的達伽瑪，他於這趟航程出發前，曾在傑洛尼莫斯修道院祈禱，後來為紀念他成功返航，國王下令修築傑洛尼莫斯修道院新院，費用就由胡椒、肉桂、丁香等東方香料的賦稅及收入支付。據說，貝倫蛋塔的食譜便是自傑洛尼莫斯修道院傳出；在過去，僧侶以蛋白清理衣物與剩菜，餘下蛋黃覺得可惜，便用以研發食譜，製作出葡式蛋塔。

「貝倫糕點」內用區桌上皆有兩個白鐵罐，一是糖粉，一是肉桂粉。於金黃蛋塔細細撒上赭色肉桂粉成流轉紋樣，嘗來更富深韻。

蛋塔外，我愛極店內青花瓷磚。

達伽馬那次探險，繞過非洲沿岸及危險的阿拉伯半島抵達印度，開闢出當時最遙遠的一條航線，比沿著赤道繞地球一圈還長。後來，歐洲人循那條海上絲路展開探險與貿易，運回黑胡椒、白犀牛、絲綢，還有中國明朝的青花瓷，並讓青花瓷華麗變身為一幅幅瓷磚壁畫。「貝倫糕點」整間店便是青花瓷磚的藍白色調，藍如大海深淺之各層次，白如柔潔雲朵。

世上最古老書店「貝特朗」也在里斯本，它創建於一七三二年，歷經大地震、內戰、革命、金融危機等巨潮，據說還曾發生大火災，依然留存至今。整間店的外觀由青花瓷磚包覆，裡頭為溫潤沉穩的木質裝潢，頗為現代化，然拱門、穹頂天花板、巨大石塊堆砌的牆面，卻透露歲月的凝鍊與風華。

連魚罐頭店也極老。

ORTUGAL ÉS A RAZÃO
NOSSA IMENSA ALEGRIA
O APOIO À SELEÇÃO
ATÉ À

里斯本街頭彩繪

傑洛尼莫斯修道院

在大海的國度，每餐都有不同滋味的海鮮可享用：鹽醃鱈魚餐、各式炸鮮魚餐、海鮮燉飯、烤章魚、鮮蝦、生蠔……就連走在巷弄中，都可見居民在自家外烤沙丁魚。魚鮮入菜外，採古老無添加醃漬方式做成的罐頭則成最佳「保存食」。

「里斯本魚罐頭店」小小巧巧，高高的木櫃及木櫥窗裡，魚罐頭像等待校閱的儀隊般齊齊整整。竹筴魚、鯖魚、沙丁魚、鮪魚、烏賊、章魚、鱈魚、淡菜、貝類等種類，加上原味、辣味、番茄、大蒜、檸檬、橄欖等口味變化，就像龐大儀隊展演著繁複花式。飽覽演出後選出最愛帶回，可珍藏數年且益發芬芳。我非常喜歡老店的老式包裝，客人選好種類後，店員自櫥櫃中取出罐頭，以印有品名的復古包裝紙包好，再以牛皮紙作外包裝，並綁上綠色棉繩方便提取。

離開里斯本那天上午，我們參加當地免費但可自由捐款的半日行。個兒小小、髮色極黑、戴著紅髮箍的葡萄牙女孩，領大家看日常風景：小巷住家露臺的雕花欄杆各展姿態，窗外的晾曬衣物將粉紅、檸檬黃牆面點綴得更加繽紛；大街路邊脖頸頂著一本大書的「最早臉書」銅像引人莞爾；落魄商店街的塗鴉張牙又舞爪……

走在拉上鐵門，往內望一片漆黑、窗玻璃仍貼著店名的空蕩商店街，女孩說：「葡萄牙很窮，窮得只剩商店街和垃圾。大家原本以為加入歐盟後就能迎來富裕，紛紛開張新店鋪，卻成如今這副模樣。」

短短話語如同鐵門被拉下瞬間與地面那一撞，沉重炸裂！我想起前一天經過某條街，看到一處因路面工程而出土的遺址，工程已停止，遺址被圍起，似乎等待著被挖掘、研究與保存。

當晚，於里斯本開往馬德里的夜車臥鋪上，我想起連日所遇到老著的一切，思及「老」與「不老」，更想著：好好老著，是否反成不老？

輯三
戀戀食光

1 小島家常味

大抵，作為一位觀光客，除非有特別機緣，所見不外觀光勝景，所嘗不外觀光指南美食。

好比到德國，非享用不可的該是豬腳，但應鮮少在對的季節，來一盤水煮白蘆筍、馬鈴薯佐荷蘭醬。又好比前往日本，眾人皆愛品嘗壽司、生魚片、拉麵等明星料理，對馬鈴薯燉肉、豬肉味噌湯、淺漬蔬菜等家常味則陌生得多。

我也是觀光客，每到一地，賞觀光勝景，食觀光指南美食。

像澎湖，造訪過數次，但日日的吃食，除了海產店的辦桌海鮮，還是海產店的辦桌海鮮，一直到多年後，才意外在農夫市集有機會認識澎湖家常料理。

那回，我與朋友相約逛市集，朋友挑手工皂挑得心猿意馬，我因已掃貨飽足，在一旁等待，不意聽到有個小小聲音喊：「花椰菜乾，澎湖花椰菜乾。」我頗有嘗鮮勇氣，好奇趨前詢問，買下一包花椰菜乾，自此，總要循著春夏秋冬，向老闆H

購入丁香魚、菜豆乾、花椰菜乾、狗蝦米、章魚乾等各式乾貨。

花椰菜乾可燉湯，但我獨愛快炒。小小一包花椰菜乾泡水後膨大，這般去除鹽分後，細細擰乾，熱鍋爆香蒜末，入菜乾，再加肉絲、辣椒絲拌炒，簡簡單單，便成口感爽脆且內蘊甘芳的好滋味。

章魚乾外型有些醜怪，頗似小小外星人，然滷肉時丟入一隻，山珍便能溢滿澎湃海味。我更常用以燉湯；排骨氽燙後，入章魚乾和剪成段的菜豆乾，慢火細燉出一鍋豐足。若無菜豆乾，亦可於燉煮完成後，撒些蒜苗添綠增香。

嘗著這些美味時，我總想起與H聊起的種種：澎湖冬季種不了蔬菜，菜乾因此成為生活之必要；漁人捕魚回來，篩出的下雜魚就撒在菜園、田裡當肥料，樂得貓咪四處跑，吃大餐；漁獲鮮吃外，做成乾貨亦成就小島加工業，架撐起熟年婦女的工作基盤。還有，丁香魚捕獲量少了，金鉤蝦產季晚了，章魚顯瘦不肥了，是氣候變異嗎？還是人們過漁？我們討論著，一塊兒皺起眉頭。

於是，即便這些菜餚至為樸素，但不管是炒花椰菜乾、章魚菜豆排骨湯、乾煎丁香魚、開陽白菜，其滋味皆密密交織成網，讓我網起小島的季節、小島的風土、小島的生活況味，也網起大海裡的生息。那完全不同於海產店的海鮮大餐，再怎麼鮮美，終究只如浪潮湧向味蕾，旋即退散無蹤。

澎湖之外，還有馬祖。

那回，因工作前往南竿，順道遊覽，依舊免不了海產店的辦桌海鮮，觀光客必吃的魚麵亦沒放過，東莒「國利豆腐店」的豆腐，更要去朝聖，只是萬萬沒想到，噗噗噗行走海上的小艇，顛盪得我失了平衡，連味覺一併翻覆，一口都吃不了，只能默默吞著遺憾。

所幸多年後，得著機會跳脫觀光指南美食，好好一嘗馬祖家常味，那是因有位朋友前往東莒駐島，帶回那裡的故事，也帶回紅糟美食的相關做法。

紅糟是釀製老酒後的殘餘，當地人惜物，用來入菜反發展出紅糟燉肉、紅糟炒飯、紅糟雞湯、紅糟魚等菜餚。

紅糟燉肉做法簡單，以油爆香薑片，入紅糟，再入五花肉拌炒均勻，加水悶煮後，便成腴潤佳餚。

老酒蛋也潤身潤心。

鍋中放切細薑絲煸出香味，薑絲挪至鍋邊，開始煎荷包蛋，待蛋的反面約成形透焦香，將細薑絲鏟至蛋上，對摺蛋皮包住薑絲。等荷包蛋兩面皆金黃，起鍋，將鍋中餘油倒出後，老酒入鍋煮滾，再放荷包蛋燉煮，隨後加點紅糖續煮一會兒即可。

朋友說，馬祖漁人出海前必備的一款蛋酒，則是以溫熱老酒沖生雞蛋後飲下，教渾身生出暖熱，能抗酷寒、頂風浪。

向朋友習得做法後，我家廚房開始飄散紅糟香。

每每烹煮時，朋友描繪的東莒阿姨形象總跳入眼簾。爽朗麻利的阿姨日日必「罵人」，若大家未受她關注，反悵然若失。而阿姨示範煮食之際，總聒聒絮絮喊著：「燉肉時要悶，『一悶抵九滾』！」「煎老酒蛋時，薑絲不能浪費，要包在蛋裡吃進去才行。」

好可愛的阿姨，簡直與老酒給人的感覺完全映搭。老酒，聽其名，觀其貌，以為必剛烈，未料一入口，微酸颯爽、十足溫潤，偏偏又有力道內蘊其中，也難怪能綿延成一系馬祖飲食傳續，醉人深深！

紅糟燉肉

2 格外品教我的事

優哉游哉，是逛小農市集最合宜的步調。

即便只買一小把香椿，農人也贈以一大把時間，慢條斯理教人如何處理香椿，如何製作香椿醬；又或自備吉他的農人抓到空檔，便開始彈唱，歌聲美如柔荑，拉人安坐聆賞。

然而那次，我由於要去拜訪許久未見的大學同學，只得匆匆掃貨，再奔往女農朋友那兒拎起她自製的南棗核桃糕，付了錢正準備要走，她卻以迅雷不及掩耳速度，三、兩下將肥大的蒜、青綠的蔥、巨無霸小黃瓜，還有一瓶梅汁醃製的橘紅胡蘿蔔，塞滿我的購物袋。

巨無霸小黃瓜大概有三條普通小黃瓜那麼大，胡蘿蔔的個子極為迷你，它們全都是格外品！

格外品，是指過大、過小，或形狀怪異、表皮不夠光澤美豔甚至有蟲蛀痕跡，以致不符合規格化標準而被篩除的農產品，鮮少有機會進入市場。只是，這些標準又怎會影響美味與營養呢？直接咬一口巨無霸小黃瓜，脆嫩清甜，充分享受了汁液噴濺的過癮感；梅汁醃得入味的胡蘿蔔，不論口感與滋味都扎實飽滿。

我也曾買過形似人參的胡蘿蔔，由於向土裡生長時遇上小石頭阻擋，卻奮力繞過障礙繼續長大，導致好似生了兩隻腳。受到「規格」馴養的人們，往往覺得這些格外品長壞了，甚至視之為醜怪，然而，我總是樂滋滋帶著它們回家。雖不甚清楚原因，隱隱又捉摸到，可能我亦「格外品」者流，而物，總愛類聚！

後來，自農人的分享，自關注農業而來的涓滴，沖刷出「規格品」與「格外品」在眼中透徹些的模樣。

我知道了，生著通天巨手的孟山都等跨國公司，透過基改，改造出只能播種一次，無法再次種植的種子，讓農民得年年奉上金錢求他們撒下新種子。這些基改作物的植株高度、作物大小和色澤都有統一規格，有利於照顧與收成，但除了食用後對人體可能有不良影響，單一大量種植的規格品，一旦遭逢病蟲害，往往拉著農人一同倒地不起。

我知道了，冬季又紅又美豔的規格品草莓，除生產過程免不了噴灑農藥，更為了在送到消費者手中仍保存完好，可能有人趕在採收前一晚，開著手電筒再補上農藥。有位朋友原本打算開設製作草莓果醬的課程，卻從種植無毒草莓的青農那兒知悉這狀況，於是斷然取消課程。她說：「吃少少的友善耕作草莓就好。教人做果醬容易導致需求更增，而愈大量的生產往往造成愈大量的浪費。」

浪費！是的，由於市場只接受規格品，若農家難以消化格外品，最後只得廢棄，造成驚人浪費。

幸而原本只能身處暗處的格外品，漸漸有人領它們來到農夫市集、綠餐廳、無包裝商店、小農友善食材網站。也有人開始以它們製造加工品，好比我能買到有機草莓園製作的格外品草莓果醬，也能購得用八十幾

歐洲小農市集處處可見格外品

歲阿婆自種的格外品桶柑，加入百香果汁做成的甘美飲品。

這個冬天，於我來說是柑橘類水果季，嘗最多的是柳丁，大部分來自有機菜園每週直送，少部分透過網路裸買。

自網路裸買的為無毒柳丁，屬規格品，幾乎一模一樣的圓圓臉，彩妝匀整，光鮮亮眼。菜園直送的屬格外品，臉蛋有各自的圓，臉皮厚、暗沉又毛孔粗大，有的還長著黑斑或點點芝麻斑。然而，前者的甜度與香氣匀匀整整而已，後者的酸、甘、甜，卻以最恰好的比例齊齊迸發，活跳生姿於縈繞的橙橘芬芳。格外品，由於順應自然努力長大，反內蓄更飽滿生命力。

除了柑橘類水果，我還慣常到市集尋找蜜蘋果格外品買回家。

有一年，依循祖母的釀酒法，以一層糖一層蘋果丁，層層鋪排，伴隨懷念與時光同釀為蘋果酒。隔年同樣釀蘋果酒，卻因糖不小心放太多，沒成酒，成了蘋果蜜，但也甚好。取少

每顆蘋果都是獨特的

許，加水，再入肉桂棒同煮成暖甜，再冷的天也能瞬間暖透腳底。

再一年釀蘋果醋。當時買了蜜蘋果，老闆娘仔細帶我辨識果皮上何者為蟲子撓過的痕跡，何者為遭蟲叮咬的傷口；那些傷口得一一挖除乾淨，免得釀造時導致變質。

土本蘋果生得小，清洗、晾乾後，睜亮眼睛辨識出傷口，以水果刀尖小心挖除，可說費事，卻又是直視它們，與它們相處的安靜時光。

每顆蘋果，有大些的，有小些的，有比較圓的，有比較扁的，有表皮粗一點的，有表皮較光滑的，且青紅色澤的配搭盡皆不同，就連蟲子撓過形成的花樣也各異其趣；每顆蘋果，都是獨特的生命，都不一樣。

經過認真相處，再將蘋果去核、切丁，置入瓶中，倒入小農釀造的無糖醋，便可交予時光，等待未來蘋果醋以沛然的芳美饗人。

電影《小森食光》（冬春篇）中，女主角市子自田地費力採集野生筆頭菜，剝除葉鞘，以滾水汆燙去除澀味後，加調味料滷煮，一大把的筆頭菜總算成了一小碗滷菜。市子看著那小小一碗，忍不住抱怨：真是煩瑣、花工夫、浪費時間的奢侈料理啊！

然而，就因為花過工夫，浪費過時間，才能享受奢侈，並十足珍惜；這也是格外品教會我的事。

3 清補涼

在舊市區巷弄間的港式煲湯小店，點一盅蜜瓜雪耳燉豬腱老火湯。雙色哈密瓜連同雪耳、響螺、腱子肉燉得軟爛，喝一口，淡淡的清甜、濃濃的滑潤，飽含食材原味。

哈密瓜與其他瓜類同，有清熱解暑功效；雪耳、響螺則都是潤人的。

喝著湯，想起那年的夏。

六月天，走在香港銅鑼灣的街頭，從未經歷過的熱，整座城像剛從火燙陽光直烤的港灣打撈起似的，連街帶人，全淌著熱氣與溼氣。

是啊，既熱且溼！我們借宿的朋友家，有陣子無人居住，門窗緊閉，皮沙發都讓黴菌染得星星點點，全副的老人德行。無法，大夥兒進門第一天，只能耐性打理起那些惱人霜白。

城市鎖在溼熱裡，但到香港東北，不一樣了。

香港友人K與理念相同者在新界租地、養地，抵擋蠶食鯨吞的開發。我們搭地鐵到沙田與K會合，再搭他的車，下車後步行過田埂，指認著那是通菜、那是菜心。再行經水渠、野地，抵達那塊種了荷花與稻米的田；彼時新米剛收成，荷花初綻，凝著香，飄於空中。

又到坪輋參加「空城藝術節」。藝術節的舉辦地點在廢棄的坪洋公立學校，人口寥落的村，當天鬧鬧熱熱，人潮川流。孩子在學校入口，以蘆葦桿畫畫，畫一朵花，畫一架梯，畫心中願望。牆上貼的，滿是來訪者留的畫與字：「巨輪下的東北新界」、「我愛大自然」、「我愛坪洋」、「坪輋村校展演」、「保衛家園」……

入內，禮堂裡陳列著自村民蒐集來的物件與故事，還有此處歷經開發的照片。再走，有教室成了繪畫樂園；草葉搗成的綠彩，在紙上幻化出孩童的塗鴉，晾於繩上，等著風乾。

往外，綠地裡處處是裝置藝術。海藍色的鞦韆，以粉白字寫著：「閉上眼，遙起你的回憶。」；竹編的「竹迷藏」，取自村民搭瓜棚的老智慧；泥土地上，清晰可見被鋸得傷痕累累的大樹根斷面，長出一把新木椅。

禮堂裡傳來音樂聲響，年輕人登臺唱起歌，歡快而充滿希望。

不知是東北地大，溼熱空氣有處可去，得了自由？還是這些愛土地的人已將熱與溼，以及連帶引起的燥，轉化成其他？

後來再訪香港，是到離島拜訪好友J；年末十二月，不冷，陽光大出時更好似夏日。

耶誕節前一天，我們沒擠進市區感受節日歡愉，而直驅東北古洞探看當地人的日常。

夜裡，回到五光十色、人聲雜沓的市區，J帶我鑽進一家西方節日較少客人光顧的餐廳，吃麵點、喝糖水。那時我看著菜單，對一些陌生糖水感到好奇，最後點了桑寄生茶，只因裡頭有一顆蛋。

涼補養生茶

涼補藥膳

桑寄生是種中藥，具有祛風溼、強筋骨等功效。

「為什麼要加蛋呢？」那褐色的蛋簡直滷蛋似的，偏偏是甜的，對我來說充滿違和感。

J答道：「因為雞蛋對老人、小孩等任何年齡層的人，都是滋補之物。」

沒有胃再納一碗糖水，否則我還想試試綠豆臭草海帶湯。海帶不都是烹煮成鹹食嗎？這兒竟與雞蛋同樣成了糖水食材，很是勾引人好奇；至於臭草，臺灣名為芸香，與綠豆和海帶搭配，可清熱、解毒、排溼。

幾天後，我總算一償心願，在離島長洲的一間小食肆吃到綠豆海帶湯，可惜是簡略版，缺了臭草一味。

那回旅行，我跟著J吃吃喝喝，聽她侃侃而談，才識得香港人既講究吃，更講究食材各有脾性，總應著季節，藉食材脾性調養身體。

像夏季，香港人喜食「清補涼」，亦即清熱補水的老火湯或糖水，用以健脾、去溼、潤肺；其材料通常包含綠豆、淮山、蓮子、芡實、薏米、百合、紅棗、南北杏等，有的也會放入沙參、玉竹、陳皮、龍眼和西瓜。

在臺灣就是涼補了。

處暑已過的秋日，暑氣雖漸消散卻依舊炎熱，且「秋老虎，毒如虎」，於是，尋來涼補藥方。

將枸杞與西洋參放入水中滾沸，再入杭菊、薄荷葉悶泡，便得可清肝火、明目、補氣，舒肝理氣的養生茶，喝來有杭菊的香、西洋參的甘、枸杞的甜與薄荷的涼，很是舒坦。

或燉鍋可補脾胃、清熱滋陰的藥膳。只需將雞肉汆燙，加參鬚、黃耆、麥冬、紅棗，注水蓋過雞肉與藥材，小火燉煮至雞肉軟爛即可。

到迪化街老中藥鋪買藥材時，老師傅皺眉低頭抓著藥，一副酷樣，隨後卻主動說要幫我將細碎的薄荷葉裝入小棉袋，又見我問店員是否販售現成的生脈飲藥包，便告訴我：「參鬚、黃耆、麥冬，加上薄荷煮水，就算一種生脈飲，這種天氣，喝了止渴。」

生脈飲一般以人參、麥冬、五味子熬煮而成。老師傅的傳授，讓我能取燉湯藥材與泡茶藥材重新組合，即得解熱、益氣、生津之生脈飲。

季節顛盪之際，尋來數帖清補涼，氣潤、神定，心亦安然。

4 新鮮

河面光潔如明鏡，陡斜山坡上一株株直立而生、整齊排列的葡萄樹，倒映其上；那是我初次見到用以釀酒的葡萄樹，無邊無際的葡萄園，新鮮！

那年，前往德國西南邊境、位於莫賽爾河畔的古老城市特利爾（Trier），探望就讀大學的友人，落腳在她的宿舍。

念中學時，家離學校並不遠，卻以專心準備聯考為名住校一年，擁有許多關於宿舍的回憶，好比每週回家，一定扛著克寧奶粉、方塊酥、營養口糧、泡麵等大袋食物返校當存糧；晚自習後是固定的「鋼杯嘉年華會」，有人用鋼杯泡牛奶，有人用鋼杯泡阿華田、有人用鋼杯泡泡麵，三三兩兩聚集，邊吃邊聊，並交換著零食點心，滋味香甜。

不同於私立女校宿舍規模小巧，特利爾大學位於校外的宿舍頗為巍峨，沿正中樓梯拾級而上，每層樓各有一往左一往右延伸而去、由不知凡幾小房間夾出的長長

莫賽爾河

廊道，廊道起點，是公共廚房。

抵達第一天，友人準備咖哩餃與洋蔥蛋糕迎接，港式酥皮咖哩餃並非陌生點心，但洋蔥也能做蛋糕？新鮮！

莫賽河屬萊茵河流域，為葡萄酒產區，以麗絲玲（Riesling）白酒知名。每當九月、十月，秋日新酒釀成，人們會將紅葡萄新酒加上糖、香料包、肉桂粉、橙汁煮成熱紅酒，還會以洋蔥製作鹹蛋糕，佐以白葡萄新酒。

金黃洋蔥蛋糕，混和了洋蔥、香料、雞蛋和牛奶的富裕香氣，下層扎實如派皮，上層蛋塔餡似的柔嫩，咬到洋蔥、芹菜籽、黑胡椒粒時，又炸裂不同口感，搭配氣泡與甜度皆輕盈的白葡萄新酒，十分相合。

那天，正好有位從臺灣來的新同學抵達入住，替一位男同學帶來豆干與小魚乾，於是，廚房在洋蔥蛋糕的氣息瀰漫後，又蓬蓬冒起爆炒小魚豆干的鹹、辣、香。

我的行李箱也塞滿帶給友人的米、香菇、麵條、肉醬罐頭，不知是否因為中學住校那年，前往宿舍要帶上一堆糧食已成習慣，甚至是不得不然的儀式？再加自己前往歐美旅行，僅十天半個月行程，都忍不住要找起熱呼呼、湯湯水水的食物聊以慰藉，所以只要出國拜訪臺灣朋友，非把大半行李箱塞滿臺灣味，帶給朋友當存糧不可。

到加拿大探望同學那回亦是，儘管主要落腳於她位於艾德蒙頓（Edmonton）的住家，不過我與她在中學二年級時一塊兒住校，共同擁有許多關於分享存糧的記憶。

加拿大處處新鮮：國內線飛機許多旅客帶著寵物飛來飛去，令人好生羨慕；冰雹砸得住家屋頂咚咚匡匡震天響，打凹前院玫瑰嬌滴滴的花瓣，嚇醒昏睡在時差迷霧中的我們；住宅區每家每戶不愛比誰開的車高級，只愛比誰種的花漂亮；出門到附近樹林散步，會遇上水獺等野生動物；餐餐在住家後院開烤肉派對，還用木塊生火烤棉花糖。

更有著巨大的新鮮：全世界最巨大的購物中心、位於道路旁獨立一幢的巨大麥當勞、門前鋪排著無數停車格的巨大超市。

一日，我在巨大的超市認真找生蠔。

自臺灣帶來的食材，本想讓同學留著慢慢嘗，但她等不及，說要煮蚵仔麵線回味一番。其實，每日餐食幾乎都是烤肉搭配生菜沙拉和果汁、汽水，到同學的公婆家拜訪，他們家族成員全到場，盛大餐食亦是很夠分量的烤肉、沙拉加飲料，前往班芙國家公園的露易絲湖城堡飯店用餐，品嘗的還是燒烤肉類加沙拉，讓我同樣對

露易絲湖城堡飯店午餐

蚵仔麵線興起無限懷念。

不過既無大腸，又缺鮮蚵，必須找找生蠔。

一包包洗好、處理過的蔬菜，一盒盒調配好的鬆餅粉，一袋袋拆開即可打冰沙的冷凍莓果、一箱箱裝得妥妥貼貼的番茄、一份份附了沾醬的即食小龍蝦……讓超市簡直像充斥了海量普普藝術作品的巨大展場，生蠔淹沒其中，幸虧我沒看花眼，終於在最不顯眼處撈到它。

調理包烹調簡單，水滾後下麵線，放調味料，邊攪拌邊分次倒入適量太白粉漿，再加生蠔，當日午餐便有了熱呼呼的麵線。

據說，蚵仔麵線自泉州麵線糊演變而來。麵線糊原為當地貧苦人家將甕底殘餘的麵線收集後煮食，因太過稀微，於是用地瓜粉勾芡充量，發展到後來，反倒最重視「糊」，主要品嘗海味熬出的鮮美滋味及粉漿調成的濃稠口感。

麵線糊傳至臺灣變得很不一樣，為便於攜帶並長期保存，白麵線經高溫蒸或炸，使水分散失焦糖化，成為紅

蚵仔麵線

麵線，「糊」儘管仍舊是必要元素，卻並非主角，再因流布各地，發展出具差異性的湯頭、配料及調味料。以配料來說，北部主要加大腸與蚵仔，多叫蚵仔麵線，南部則常稱麵線糊，配料更為多樣，蚵仔、大腸外，還可能有裹粉肉塊、小腸、肉羹、花枝羹等。

帶著柴魚鮮甜、油蔥酥香氣的調理包麵線，於連日烤肉餐後堪為慰藉，然而，生蠔於此不免顯得大而無當，無法像裹粉的小巧鮮蚵，邊跳躍著鮮味，邊連同羹湯咕嚕咕嚕入口，且調理包所附太白粉分量稍嫌不足，難將韌性本強的麵線馴服成滑順，何況還少了烏醋，少了白胡椒粉，更少了香菜、蒜泥。

我帶著紅麵線飄洋過海，再經尋找其一替代食材的歷程，竟約略能想像移民在異地重現家鄉味的迴環轉折，並隔著遙遠的距離，重新看一回對我這北部人來說，蚵仔麵線的存在模樣。

返臺時，我於航程尾端厭膩起飛機餐，胃幾乎要造反，最後請空服員改為送來日清杯麵。當飛機落地，最渴望的，就是吃一碗加了烏醋、白胡椒粉、香菜、蒜泥，湯色透亮、口感豐潤，有著Q彈大腸、滑嫩蚵仔的麵線。

新新鮮鮮的，蚵仔麵線！

5 沁心遊樂園

可愛的白色木造小屋外，人們坐在遮陽棚及綠樹下的長椅上，或凝神專注、或面露微笑、或嘻嘻哈哈，共同之處是全都舔著冰淇淋——水藍的、米白的、深棕的、粉紫的冰淇淋，繽紛多彩、琳瑯滿目。

前往加拿大拜訪同學，與他們一家至科隆那省（Kelowna）的湖區度假後，開十多個小時的車，準備返回同學位於艾德蒙頓的住處。儘管原本的車程已甚長，卻還是特地繞路，來到這個名為科克倫（Cochrane）的小鎮，只為造訪這間冰淇淋小屋。一看招牌，店名叫「馬偕冰淇淋（Mackay's Ice Cream）」，親切感頓生；為臺灣做了許多事的馬偕博士正來自加拿大，且我因教課關係，常行經淡水馬偕街。

科克倫位於亞伯達省（Alberta）平原區，是畜牧業匯聚之處，酪農的牛隻皆放養於大片牧草地上。「馬偕冰淇淋」的老闆正是位酪農，以自家牛奶製作冰淇淋開店，生意愈來愈好，口味愈研發愈多，據說共有五十多種。

「每種都好吃，所以繞路來也值得。」同學帶頭，大夥兒興奮進了店裡。從香草、巧克力，到草莓、藍莓、芒果等水果，再到楓糖、麥根沙士、棉花糖、泡泡糖，更有只看名稱根本不知為何的「老虎」、「彩虹」等神祕口味。

我愛水果口味，因此選擇黑櫻桃，一嘗，奶味與甜味太過，吞掉黑櫻桃滋味，味蕾因而發出小小抗議。不過也難怪，這是美式冰淇淋，牛奶與奶油含量都甚高，且一如美式甜點，含有許多糖分。

相較起來，義式冰淇淋更能令我味蕾歡快。記得初出社會不多年，朋友到德國西南的古城特利爾念書，我與另一位朋友飛去看她。抵達的第二天，她便說：「帶你們去吃冰，冰淇淋屬義式最好。」

那時，我點了葡萄冰淇淋，口感細膩，奶、糖比例恰好，與葡萄滋味平衡共處，水晶杯中的冰淇淋綴有一顆綠葡萄鮮果，增添了美麗雅緻，更讓葡萄的香氣與滋味一跳鮮明。

但更能擄獲我的，還是最能完美演繹水果原味的雪酪。曾在南法旅途中，幾乎餐餐嘗到雪酪，味蕾因而總是歡聲雷動。

說來，雪酪正是冰淇淋的前身。

中世紀時，阿拉伯人將果汁、糖和雪彼此混和成為飲料，稱為雪泥。據說馬可

雪酪

雪酪（攝影——古碧玲）

波羅把這種飲料帶到義大利，至十七世紀演變成雪酪；當時雪酪有許多口味，其中的牛奶雪酪被認為是冰淇淋的始祖。到了十八世紀，義大利的甜點師傅將冰淇淋的作法帶進法國，再經改良與變化，然而當時冰淇淋只供皇室貴族享用，直到一七二〇年，巴黎的咖啡店開始販售鮮奶油冰淇淋，一般人才得以一嘗。

我愛義式冰淇淋，更愛雪酪，但最著迷的還是臺灣百花齊放的冰品。

自小，我就擁有一整座冰櫃，暑熱之際，冰棒、冰淇淋、棒棒冰、凍凍果等冰品任選，因為我家開文具店，文具店根本是為小孩存在的，夏日若無各色冰品又怎麼成呢？

除了冰櫃裡的冰，也少不了仙草、檸檬愛玉、米苔目、豆花、叭噗及清冰。我們還會將玻璃瓶裝養樂多，放進冷凍庫凍成冰，用小湯匙挖著吃。祖母也常熬煮綠豆湯，讓小孩以模具或製冰袋做綠豆冰。

說到綠豆，我難忘老市場那輛賣著加了綠豆的粉圓冰攤車。自市場頭沿著左側走過長長的街，來到街角，攤車就停在那兒。點碗粉圓冰，老闆便俐落舀起滿滿一匙粉圓放入瓷碗，澆上琥珀色糖水，再從白鐵冰桶舀一杓碎冰鑽加進其中，而後添上一小匙綠豆，接著匡噹一聲，鐵匙入碗，似乎告訴客人「可以享用了」，冰隨即端到眼前。

如今的珍珠奶茶要角——粉圓，過往單純以地瓜粉製成，加了糖蜜後呈晶亮棕色，透著香氣，再加粒粒分明卻帶粉藏鬆的綠豆，搭配碎冰鑽喀啦喀啦，真是愈嚼愈感暢快的享受。

上了中學，隨活動範圍擴展到西門町，位於國軍文藝中心與憲兵隊中間小巷的「大方蜜豆冰」，成為我與同學常去的所在。其實另有「我家」、「無名」等冰店，但不知為何，獨獨記得「大方」。

刀削蜜豆冰端上桌，初一的小毛頭，只覺得眼前出現一座滿是寶藏的璀璨小冰山，睜大眼睛，喜孜孜挖起寶來，西瓜、鳳梨、香瓜、香蕉、紅豆、芋頭、麥角、小湯圓、各式蜜餞，都得小心掘起，與充滿濃郁香蕉油香氣的冰片同入口，霎時間，整個人就好似坐上旋轉咖啡杯開心轉圈。

受到日本喫茶店、亦即咖啡廳的文化影響，臺灣因而出現冰果室，且成為人際交流重要場所，也是年輕男女約會之處。蜜豆冰店除了小毛頭，最多是高中生，其中有情侶濃情蜜意；有男校、女校學生彼此聯誼；有竊竊私語著哪個女生美、哪個男生帥的；亦不乏動心想採取行動搭訕的，更少不了天雷勾動地火的。這些人吃著冰，該像搭著雲霄飛車上上又下下吧。

後來，我與同學吃冰的地點轉移至萬年大樓地下樓的「小美」，那兒販售著全然不同於臺式的舒乃斯、香蕉船、聖代等冰品。舒乃斯以透明高腳杯盛裝，綿細的冰沙加了螺旋狀霜淇淋；香蕉切成兩半，擺放在晶亮盤內成船隻狀，加香草冰淇淋，擠些巧克力醬，再灑堅果碎片，並飾以豔紅的罐頭櫻桃，便成香蕉船；聖代則是在冰淇淋上淋上水果糖漿或巧克力醬，再加鮮奶油、碎堅果、罐頭水果等。品嘗著這些，只覺自己搭上了摩天輪，興奮期待中，世界又寬廣一點點。

更長大些，大表姊帶我們去「雪王冰淇淋」。當時店面在一樓，完全沒裝潢，十分樸實，大大的冰櫃一桶桶排列整齊的冰淇淋，包括豬腳、麻油雞、肉鬆、海苔、糙米、芹菜、大蒜共六、七十種品項，滋味可毫不平淡。我鼓起勇氣嘗試豬腳口味的那次，好似自我挑戰搭乘海盜船，味覺眩暈、刺激異常！

不止於此，西門町還有「楊記花生玉米冰」、「成都楊桃冰」等，小小一隅，已宛若一座冰品遊樂園，更別說還有他地林林總總的特色冰品、創新冰品。

臺灣天候悶溼，人們慣常以冰解熱鎮暑，加上海島、移民特質，容易接受新事物，習於擷取各種刺激靈活變通，所以才構築出這座似可無盡開展的冰品樂園吧。

一枝獨秀的義式冰淇淋吸引我，有水果真本事的雪酪收服我，但最令人著迷的，終究還是這與我相親相愛的沁心遊樂園。

6 逆走青春的滋味

那條淡水的小小街路，每星期我總要因教課走一回。從文化路的淡水圖書館公車站，沿著天橋階梯往上，接馬偕街，隨後轉真理街。

沿途，綠樹繁花間，掩映著一面又一面的紅牆；紅牆古樸，像極了要帶人走向過往時空。

一條我如此熟悉的尋常小路，亦是一條可逆走時空的歷史建築之路。逆走，自腳步離開天橋隨即展開。

位於天橋左前方的，是日治時空。

紅牆圍繞的乃木造日式建築及庭院，那兒是「淡水街長多田榮吉故居」。多田榮吉，當時淡水有名的企業家，也是官員。據說，他很注重社會公益，為地方做了許多好事。

這間多田榮吉家屋，以紅檜為牆，黑瓦為頂，旁邊的綠樹和一汪池塘水鏡，印襯出簡靜典雅。

然而，彷彿時空凝止的簡靜典雅中，卻有現代化的證據隱隱汩動；那是埋藏於地底屋牆間管線的自來水。多田榮吉故居，據說是當時淡水、也是臺灣最早申請自來水的住宅。

離開日治時空，逆走至清朝時空的小白宮。小白宮，正式的名稱為「前清淡水關稅務司官邸」。淡水開港通商後，這裡是管理稅務的外國官員居住之處，西班牙式的白色建築、極富特色的半圓拱門。夏秋之際，雞蛋花盛開，更輝映出明麗開闊之美；那是一種隨著開港通商的滔滔波浪，匯流而來的西方文化與美感。

再逆走，便來到淡江中學的八角塔。馬偕博士的長子偕叡廉為了籌辦中學而興建八角塔；那是中國寶塔、臺灣三合院、西方拜占庭建築的融合。

在八角塔尚未建好前，偕叡廉先借用他的父親——馬偕博士所創建的西式現代化學校，也就是牛津學院辦學開課。牛津學院為傳統四合院格局，卻融入許多西方元素，好比紅瓦斜屋頂上，開著西式老虎窗；護龍牆上睜著大眼的，是西式拱型百葉窗……

不管八角塔或牛津學堂，都令人忍不住想，像馬偕博士這樣的傳教士，是將飽含西方養分的自己，完全種進這塊土地生了根，才能開出此般多重文化的燦爛繁花。

繼續逆走，沿著下坡路就來到紅毛城。那時空，起始於明朝。明朝，占據北臺灣的西班牙人建立聖多明哥城，後來，荷蘭人趕跑西班牙人，重修城樓，隨後，又有英國租借紅毛城作為領事館使用，並增建洋樓。而它亦留有清朝的城門。此處好比縮時園區，歷史快轉，這塊土地的遞嬗，彷若只在轉瞬間。

每週藉教課之便，我總在這小小街路的建築與建築間，一段段逆走著時空。而附近則有幾間小店，讓我逆走回高中時期。

那是賣著淡水知名小吃阿給的老店，其中包括研發阿給這種小吃的創始店「老牌阿給」。據說，店主人原本販售炒麵、炒飯、米粉、刨冰，由於不想浪費沒用完的食材，想出在油豆腐外皮中，填入調味過的冬粉，並用混和紅蘿蔔絲的新鮮魚漿封口蒸熟，再淋上獨門醬料，成為阿給。

阿給名稱源自日語「油揚げ」，音近似「阿布拉阿給」，後簡化為「阿給」。在日本，「阿布拉阿給」指「薄炸」，亦即油炸豆皮，是將淡豆漿所製作的豆腐切薄片後油炸兩次或三次而成，具有一咬就啪的裂開之質地，傳說狐狸愛吃，也稱「狐狸炸」，又稱「稻荷炸」、「壽司炸」，常用來製作稻荷（豆皮）壽司、狐狸烏龍麵。

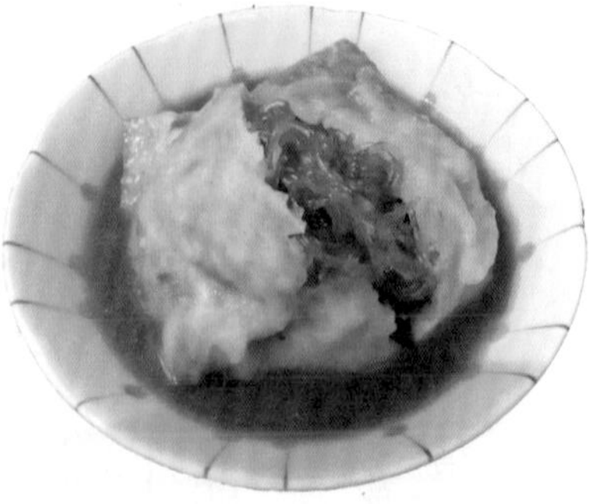

阿給是將日語中稱「厚炸」、「生炸」的油豆腐挖空填入餡料，而非「薄炸」，但據說阿給發明者取日本人喜以油炸豆皮包餡之概念，於是有了此名。

我喜歡走進飄散著暖呼呼氣息的店家，點一碗阿給，不點其他。以筷子剪開魚漿封口，豐沛醬料瞬間找到入口湧進油豆腐內，攪拌冬粉吸飽醬汁後品嘗，甜中迸出辣、滑順裡跳出Q彈。

冬粉，源於中國，乃因冬日缺乏米、麥，卻有綠豆收成，以其做出粉絲，因而取了此名。不過，日語該由於粉絲煮後晶瑩剔透之形貌而稱「春雨」；我愛這個名。

胃裡下了一場春雨，甦醒了，正好迎接蘸滿甜辣醬汁、飽實有勁的油豆腐皮及魚漿，共跳「豆之香」、「魚之鮮」交融的舞曲。

十六、七歲年紀，恰如春雨過後，一片新鮮，飽滿的新鮮中，長出各樣姿態與滋味。

高中時期，學校位於士林，同學更有多位家住淡水，其中功課第一、待人親和、愛說笑話的C，常因有人央求，自淡水帶來暖呼呼的阿給。往往，一人央求

眾人響應，C因而一帶總是一大包，於是，早自習前，教室常瀰漫著蒸騰的阿給氣息，我就這樣與阿給相熟了。當時沒想過要問C，買的到底是哪家阿給？但大夥兒一起吃，就是好吃加乘，無比好吃。

我與C和其他兩位也住淡水的同學，高中三年都參加童軍社，成了死黨，因此常往淡水跑。特別是結束期中或期末考的午後，一票人浩浩蕩蕩自士林的火車站跳上藍皮火車，喀答喀答晃到那依著河、臨著海的小鎮。

自是要吃一回阿給，再買魚酥、鐵蛋，然後殺去同學家，聊著說也說不完的話題。

我也喜歡只偕一個伴探訪古蹟，又或往小巷裡鑽，踏著石階彎來繞去、上上下下。

記得一次，經過小巷的住家，小花園裡茶花開得正盛，我與同學小鳥似地吱吱喳喳：「好好看哪，白色的茶花。」「雪白的花瓣漬在金黃的陽光裡，真美！」「花瓣的排列好像圖案，也很美。」

約莫兩隻小鳥吱吱喳喳得太熱烈，木門吱呀一聲被推開，一位太太走出來。我和同學一下子不曉得怎麼辦才好，那位太太倒含笑地說：「茶花開得很漂亮呢。」

「是呀，太美了。」我怯怯回道，像小鳥啁啾一聲。

那位太太趨近茶花樹，摘下最豔麗的那朵遞過來，「送給你們。」

我瞪大眼睛，遲疑一下，接過那朵茶花。「花開堪折直須折」，過往讀過的詩句霎時在茶花香氣裡綻放。

除了穿行小巷，我們還常散步淡水河岸。那時大船仍可直接靠岸，沿岸的路一逕窄小，沒什麼店家，是電影《小畢的故事》當中模樣。風吹來，混合著鹹水與淡水的浪潮湧至岸邊，堤岸內縮的小小凹處好似共鳴箱，「嘩啦嘩啦嘩啦」奏起水波樂曲。走到榕堤那兒，濃蔭撐出清涼，對岸觀音仰臥成觀音山，我們也於樹下座椅凝止成小山，望進美景深處。

如今，在小街路賞建築逆走時空，嘗阿給逆走青春，我亦往往自紅毛城那兒跳往對街，走至河岸處看夕陽幻化，凝視漸次變色的水面如柔滑絲緞款擺，再逆走淡水河岸直到捷運站。

東北季風張狂，多年吹拂下，榕堤老榕樹深深彎了腰，已經能以河面為鏡、攬鏡自照。堤岸多處拓寬，一路全是店家，賣烤魷魚的、花枝燒的、烤鳥蛋的、蝦捲的，更有旋轉馬鈴薯、養樂多冰沙、土耳其冰淇淋、糖葫蘆……亦不乏射氣球、夾娃娃機等商鋪，人潮川流沸沸滾滾，每走一段會遇上街頭藝人，或自彈自唱，或放著伴唱帶高歌。

舊日隨水而逝，我仍愛穿梭老建築，再嘗碗阿給；仍愛自成小山，遙望觀音山；仍愛細聽浪潮響在岸邊共鳴箱內，嘩啦嘩啦嘩啦，如回聲。

7 最是迂迴傳家味

白鐵鍋下，橘藍焰火跳著舞，鍋裡的魷魚、螺肉、炸肉塊、香菇片嗶嗶啵啵唱著歌，甜甜、香香、豐腴的旋律，蒸騰著往上冒。我們一家圍坐以魷魚螺肉蒜為中心菜餚的餐桌，母親往鍋裡加了些青蒜，等青蒜被濃褐湯汁煮出一身翠綠油亮，就能滿滿舀上一碗，稀哩呼嚕吃個滿足。

添青蒜的始終是母親一人。有時，我偶一抬頭，見著來來回回忙於廚房與飯廳間的她，鐵鍋飄散的白煙如霧，迷茫了她的身影，看也看不真切。

曾觀賞過一部導演直面自己與母親關係的紀錄片，名為《日常對話》。映後座談當時，一位大男生舉手向導演發問，他起頭的首句話至今仍漂盪在我腦海：「母親真是謎樣的生物呢！」

母親，真是謎樣的生物呀！可能要讓人至少花上半輩子來解謎吧！

小時候，我家餐桌總是熱熱鬧鬧的，除了家常菜，也常出現魷魚螺肉蒜、蜜汁雙方、醋溜黃魚、紅燒海參、佛跳牆、烏魚子、干貝芥菜心、鮑魚雞湯等大菜。因應著大菜派頭，連餐具也講究，龍飛鳳舞的深盤、描金點彩的大甕、成套的細緻碗筷搭小碟。

自是為了宴客，客人為姑姑們眾家。祖母兒孫浩繁，父親為獨子，逢年過節，抑或平日親戚相約回來，母親總要備上兩大圓桌的菜餚，辦宴席似的，且菜量總有餘。於是，家宴後，我們的餐桌往往得續上幾天「菜尾」，其中魷魚螺肉蒜耐煮而不失美味，還可一添再添青蒜如新，從不令我膩煩。

父親常以臺語形容母親「大心肝」，什麼都要多、要好看，更喜追求新穎。

是啊，母親愛新穎，家中餐桌還會出現「類西餐」，雪白的圓瓷盤兩旁正正式式擺了刀叉、餐巾，盤裡炸得金黃、趨近日式的豬排上頭，有一抹豔紅的臺式辣椒醬。

我的新式媽媽，每月都要研讀時裝雜誌，並於挑選布料後，帶著雜誌到我同學媽媽開的手作時裝店，指定款式訂做。她買布料總比需求多得多，餘下的，便給我與姊姊做洋裝。

她固定帶我和姊姊到「生生皮鞋」買白色淑女鞋。當時，小學女生都著黑皮鞋，只要看到白鞋女孩，大家就知道那是學校對面文具店家的女兒。她更領著一家追逐時新休閒娛樂：夏季固定到金山海水浴場小木屋度假；比起兒童樂園，大同水上樂園有更多我們的足跡；美國的白雪溜冰團每年來臺巡演，她訂起票從不手軟。

然而，我與姊姊一直有個留長髮的心願，她從來置若罔聞，每每丟下一句：「我忙，沒時間幫你們整理。」連美髮師也與她暗中有約定似的，只要我們走進美髮院大門，出來時一定頂著極短、極短，號稱奧黛麗赫本髮型，其實根本男生樣的「赫本頭」。

在店頭忙著的母親，在廚房忙著的母親，近在身邊，卻好似遙遠。特別是母親的廚房，總那麼熱鬧騰騰，臺式、中式、日式、西式、港式的食材及料理法薈萃著，爭豔或混搭，但她從不教我們任何一樣，我只能隔著騰騰白煙遠望。

我羨慕別人擁有傳家菜，爸爸或媽媽領著小孩從市場採買開始，到處理食材、下鍋料理，更往往祕傳獨門配料、火候、烹飪竅門，一個步驟一個步驟烙下屬於家族的味覺印記。

直到許久之後，我才明白，母親的廚房是她的島，一座漂流在身世之海的島。她以盛宴召喚來熱鬧騰騰，然而留下的，往往是令人苦於收拾的杯盤狼藉。

那是由於我開始寫小說，開始懂得解構角色與人心，才知道要追著母親不經意吐露的零碎話語為線索，來來回回比對其行止，終至日漸解謎。

她的童年是虛空的。

雜貨店家的女兒，卻沒零食可吃。

每餐，她都是收拾殘羹剩飯的那個孩子，餓，成了一個洞，只能靠祖母時不時揣點吃食，偷偷往洞裡丟。

直到上學後，她才獨自搭火車到臺南認親爸爸。

臺北這位騎著腳踏車四處賣油的辛勞爸爸，是她的繼父。

她努力向學，讀到中山女高，只是困窘的繼父心，意念橫陳，阻絕了她的升學路。

漂流於身世之海的她，為逃脫，早早結婚，造起一座自己的華麗之島，只是再怎樣，島，終究還是漂在茫茫大海之上。

母親的童年連一般吃食都成奢望，印記裡又何來傳家菜？也難怪即便成為媽媽，掌了家，也無從想到要手把手，傳授子女某道心中菜餚。

但我終究還是想從母親那些目不暇給的菜色中，認一樣傳家菜，是蜜汁火腿嗎？還是冰火菠蘿油？不！我想該是一個人吃著的魷魚螺肉蒜；煙霧蒸騰，熱鬧滾滾，卻只有一個人吃著。

然而前兩年，姊姊於閒聊中提起小時候非常羨慕我。她說：「以前，媽媽只帶你一個人去北港、去嘉義，只有你一個，我們都沒有。」姊姊抽出的回憶之絲，讓我重新紡出段段過往。

五歲時，我生了一場大病，動過大刀才得以續命，此後多年，母親總要帶我到北港朝天宮向媽祖還願，並前往嘉義探望跟在黑道大哥身邊、人生如戲的美麗小阿姨。約莫每次到訪，黑道老大都不在，所以幾無驚懼印象，只記得媽媽牽著我，搭人力三輪車代步，回程時，也一定要去吃碗油亮腴潤的嘉義雞肉飯，而最重要的是，只有我與她。

這段段過往，將我與母親拉近了。

遠遠又近近的母親呀，比起一人獨自品嘗的魷魚螺肉蒜，此時，我更願記下的傳家菜，該是雞肉飯。

雞胸肉煮到將熟未熟，泡於湯汁中燜著，抓住空檔，把紅蔥頭煸得金黃酥香，入醬油，再加雞高湯成醬汁。熱呼呼的晶瑩米飯頂端，擺了軟嫩的手撕雞胸肉，淋上噴香醬汁，綴以酸甜薄片小黃瓜。那是每每自嘉義回來，我嚷嚷著想念雞肉飯，母親便端上桌的獨有版本。

遠遠又近近的母親呀，比起一人獨自品嘗的魷魚螺肉蒜，我更願記下你給我的傳家菜，就是雞肉飯。

如此迂迴尋得的傳家菜，滋味也因迂迂迴迴、盤盤繞繞，終成最深印記！

8 鹹粥的召喚

食物，往往藏有魔法，能召喚往事。

似魔女念咒，就簡短兩字，念出我家對鹹粥的慣常稱呼：「鹹糜！」真真召來過往，並非因它而起的故事，卻是伴隨著它發生的片段。

那年初夏，為工作取材，與友人前往臺南，住在一位年輕女孩開的巷內民宿。早起一下樓，女孩總忙著，餐桌上也備辦好臺南特色早餐；每日不同，分別為鹹粥、米糕與碗粿三款。

入住的第二天一早，迎著我們的便是鹹粥，一湯匙舀起，雪白虱目魚片與碩大鮮蚵推推擠擠，肉燥、蒜酥、紅蔥頭、香菜也不甘示弱冒出頭來，光看而已，就有飽足感。

據說府城鹹粥多為飯湯，亦即煮好湯底後，放入米飯稍微滾一下便起鍋，有點像日式茶泡飯，湯、飯分明，但這家鹹粥用的是來自漳州、泉州的半粥式煮法，以魚骨熬湯，再將生米入湯煮到透明狀，讓米飯可多吸附些湯汁鮮甜。

對北部人來說還有較意外的一點：鹹粥搭油條！將油條掰成小塊放入粥湯內，時間任人選，短一點的話，油條外軟內酥，泡久些便化為軟糜，呼溜隨粥入口。

當日，我們預計搭早上十點鐘的火車到新營，與當地友人會合，由她領路拜訪鹽水、白河、土溝等處。享用鹹粥後，時間尚早，大夥兒悠哉在客廳閒嗑牙、看觀光小冊，突然間雷聲隆隆，隨後大雨傾盆而下。說大雨尚不及，該是豪雨、強降雨等級，出門即便撐傘也看不清楚眼前路，且絕對淋得渾身溼透。

這下我們緊張了，很擔心叫不到計程車前往火車站，導致錯過準備搭乘的班次，趕不及已排好的約訪，於是趕緊撥了叫車電話，果然沒車！三支手機，一通一通又一通，始終沒好消息！

或許海味鹹粥給了與狂風驟雨一搏的生猛氣力，大夥兒沒放棄，加上民宿老闆幫忙，終於險險在時間內叫到一輛車。生猛力續航，向老闆借夾腳拖換上，衝入雨陣，衝進計程車，順利趕抵火車站。

那天，走入白河蓮田，踏上鹽水八角樓，遊逛於一整座農村都是美術館的土溝，雙眼所見識的豐富，市鎮所蘊蓄的力量，飽滿如一早所食鹹粥。而那碗加上油條品嘗的鹹粥，也因那場大雨，添了更多意外滋味。

南部鹹粥通常採魚骨熬湯，配料用魚鮮，北部的鹹粥與之不同，多用豬骨熬湯，配料用豬肉，因此可歸結出「南魚北肉」原則。

在臺北吃鹹粥，如同切仔麵一般，總有各式繽紛小菜更搶人心思。前幾年，到萬華剝皮寮看展覽，結束看展後一轉，有間店竄入眼簾，是老字號的肉粥店，客人捧著托盤川流不息，上頭絕對少不了小小一碗粥，更澎湃的是紅燒肉、花枝、粉腸、土雞肉、嘴邊肉等諸多小菜。

這間店我僅光顧過一次，還是打包外帶，卻對它難以忘懷，只因一段過往。

那時，家裡毛孩子患重病，從住家附近的動物醫院轉往臺大動物醫院。臺大看診總要等到地老天荒，排檢查更是，於是他們轉介我到廣州街一間由臺大醫師開的動物診所，自此，每週跑一次那兒。

即便是動物診所，因有不同專科，動物患者非常多，我家毛孩子狀況不佳，醫師體恤，主動叫我在開放掛號前先到，按了門鈴，她就開啟鐵門讓我們進去接受診察、治療。

為免去搭公車、捷運的顛簸，母親總開車載我們前往，只是，毛孩子每況愈下，我也愈來愈愁眉不展。

一日，看診加上治療，時間已過中午甚久，回程經過那家店，為了回家後快速止飢，匆匆下車外帶，並無心思再選小菜，只買肉粥。

這家老字號肉粥呈淡淡褐色，上頭漂著細小的豆皮和油蔥酥，沉在湯裡的，有裹粉豬肉塊與些許蝦米。我的心情有如粥的配料，既漂浮不定又低盪沉落，匆匆吃罷，根本食之無味。

其實，我甚少選擇外食鹹粥，大概因為認定它是家裡吃食。

過去，我家做生意，大人很忙，然而以前的年代，再怎麼沒時間，晚餐還是會正式煎煮炒炸一番，七口之家，總要有四菜、五菜加一湯，至於鹹粥、炒米粉這類，往往是中午時分的快速餐食。

母親的鹹粥系出北部，蝦米、香菇爆香起鍋後放一旁，炒香紅蔥頭再加醃過的肉絲拌炒，接著蝦米、香菇回鍋，再放切成細絲的竹筍炒一會兒，加水煮滾，入米飯煮到軟爛程度，最後調味。芹菜切成珠狀盛裝於盤上，每個人舀了鹹粥再依喜好撒芹菜，我愛加很多，白胡椒粉更絕不能少。

與竹筍同樣夏季限定，適於熬鹹粥的蔬菜還有菜豆、蒲瓜，冬季則是高麗菜、白蘿蔔。這些蔬菜的清甜，總能從肉粥的油潤豐腴中跳出來，再返身協調出一種平衡。

父親是獨子，過年過節時，姑姑等親戚們回來，母親總要辦桌似地煮上兩桌大菜。我沒學會那些精細手藝，倒默默記住鹹粥的基底做法：「蝦米、香菇爆香起鍋後放一旁，炒香紅蔥頭再加醃過的肉絲拌炒……」那堪稱萬用基底，可用於炒米粉、炒什錦蔬菜、煮什錦麵種種料理。一次，買了客家豆腐腦，原是附了薑汁黑糖的甜品，我想改成鹹食，套用這基底，竟可口極了。

更經常的是，慢慢炒好這基底，慢慢煮好一鍋鹹粥，召喚回小時候家中忙碌時分仍享有的豐腴美味。

9 白晝之月

我看到了白晝之月。

那天，到太平國小的水田體驗「割稻頭」，亦即割下收穫時米穀落地長成的再生稻，連同水草當作綠肥，以滋養下一期稻作。

早期的水田，水草與水稻共生為豐美溼地，太平國小的水田便是如此蓬勃模樣；田字草、圓葉節節菜、水蕨等各展姿態，甚至有珍稀的桃園石龍尾藏身其中。

志工領我們踩入冰涼溼軟的田土，在水草化為肥分前，仔細認識它們、看看它們，並採集些許製作水草瓶，營造一方小小生態，好攜回家中照顧。

當大夥兒採足各自喜愛的水草，坐在旁邊的草地上整理著，有人突然喊道：「今天的天空好漂亮。」

是啊，天空清朗，藍得澄淨，一絲雲都沒有，我抬頭凝望，意外看到白晝之月。

製作好生態瓶，是割稻頭時間：手拿鐮刀假裝沿再生稻的根部一帶畫個圓，接著自圓的頂點將鐮刀斜插入土，雙手握柄往右用力劃出半圓，再回到頂點自左劃出半圓，隨後把整株再生稻連同劃開的些許土壤拔起倒放，踩踏入泥，周邊的水草此時一併在腳下漸次化成綠肥。

我再抬頭，白晝之月仍清晰可見；那存在卻總看不到的月亮！活動結束後，我捧著生態瓶，彎到延三夜市。此處過往名為大橋頭夜市，外公、外婆就在鄰近大稻埕水門的小巷開雜貨店，我們不時往這一帶跑，在巷弄裡玩耍；飛奔到水門邊的造船廠外，睜亮雙眼看著正在刨木施作中的巨無霸大船，那亂竄的木頭香，都要撓得鼻子發癢了；就連感冒發燒，母親也會帶我們到附近小兒科診所看病拿藥。

而大橋頭夜市，是我很愛的地方。捧著熱燙燙的燒肉粽，剝開粽葉，一口咬下，讓肥滋滋的滷肉、鬆鬆香香的蛋黃、鮮味活蹦亂跳的蝦米、入味又帶咬勁的香菇、鹹香爽脆的蘿蔔乾，混和著軟糯米飯，嚼啊嚼，嚼啊嚼，滋味太好，都要不忍吞下；來碗愛玉，自是咕嚕咕嚕入口，只是滑、嫩、酸、甜與冰涼，戀戀猶在；再點盤蚵仔煎，單是瞧著圓形煎臺上的油滋滋作響，老闆同時煎著幾份蚵仔煎，快速地下蚵仔、倒粉漿，單手打蛋、放小白菜，再用平板煎匙及煎鏟分切、翻面、盛

割稻頭

盤、淋醬汁，已是一場好看的秀。

更有彈珠檯、套圈圈、射氣球、撈金魚等各式飯後娛樂。猶記得蹲在長方形的巨大魚缸邊，看著金紅的美麗魚兒優游來去，尾巴舞動如翻飛的裙。眼花撩亂中，努力看準，小心翼翼靠近，但紙撈每次總在彷若要撈起時破了，希望隨之幻滅，只能看著那些攔不住那些小生命衝向自由，即便是受禁錮的自由。

往日在腦海不曾消逝，但大橋頭夜市早已更名變了容顏，且白日裡，尚未妝點上夜的華彩，一派索然。

但其實並不全然，仍有秀色可餐，我為此而來。

那間高麗菜飯與原汁排骨湯的小店自早上便開始活絡，剛體驗過水田勞動的我，正想吃飯得個飽足。

大稻埕的得名，與稻米有關，清代起，便有居民於此開墾種田，並設有公共曬穀的大埕。這一帶更因自古盛產稻米，成了臺北的米食發源地。

以米為主食的地方都會發展出鹹飯，如上海菜飯、日式炊飯等。高麗菜飯屬閩南鹹飯的一種，據說傳至臺灣，不見芥菜、菜脯、芋頭、五花肉等各式鹹飯，獨有高麗菜飯，配以原汁排骨湯。

小店為開放式空間，有些區域擺放了小學課桌椅，尋張矮矮椅子坐下，以臺語向老闆簡潔說句：「一組。」老闆立刻笑吟吟問：「需要小菜嗎？」

「一組」，代表一份高麗菜飯加一份排骨湯；能說出這通關密語，是老顧客，小菜之門好似只為老顧客而開。

年長後，此處已自尋常活動範圍區劃去，我並不常來，只是依著前次觀察到在地人點餐的方式學樣，沒想到竟得此待遇。

餐點上桌，說是鹹飯卻絲毫不鹹，然我簡約慣的味蕾，自其中尋著綿密交織的米飯香與高麗菜、胡蘿蔔甜，搭一口蘊蓄白蘿蔔滋味的排骨湯，再以鐵湯匙輕輕鏟下燉得軟嫩的排骨肉，蘸著生辣椒醬油，讓生辣椒的鮮香、醬油的醬香襯托肉香一起入口。

這裡有許多老字號小吃，高麗菜飯、原汁排骨湯並不屬之，但我喜歡這原汁原味，且常因此想起自小吃到大的萬華祖師廟口原汁排骨大王。

父親年輕時，在萬華祖師廟口斜對面巷子裡的中南鑄字廠上班；沒有電腦、手機的年代，得靠鉛字組合成活字版，再以印刷機檯印製印刷物。

中南鑄字廠是我二姑丈與小姑丈的家族企業，父親婚後，一家老小食指浩繁，為撐起家中經濟，離開鑄字廠，跟著在國小對面開文具店的大姑姑學樣，貸款買下一間也是面對國小的兩層樓房，開店做生意，母親照顧店面，他跑外務，鎮日忙碌不已。

我總看到父親騎著野狼一二五揚長而去的背影，加上他往往斂著情緒，不苟言笑，因而「父親」兩個字，於我來說，就像到二姑姑、小姑姑家時，在樓下偌大鑄字廠裡，腳踩反光的冰涼磨石子地板，仰頭所見一整面鉛字架上，遙遙的鉛字一般。

然而，父親喜歡小吃，忘不了祖師廟口的原汁排骨湯、瓜仔肉飯、牛蒡天婦羅，到萬華辦事或去姑姑家，我們若跟著，就一定吃得到。

父親更擅長尋味，跑外務遇上吃飯時間，就往小巷鑽、往廟口跑，品嘗在地小吃，或牛肉麵，或乾拌麵、餛飩湯，或滷肉飯、金針排骨湯……尋著喜愛的美味，當天回到家，就會笑開嘴說：「有好吃的，下次帶你們去。」

他不食言的，是因為曾在鑄字廠工作，又經營賣著許多文字書的文具店嗎？於是，刈包、切仔麵、潤餅、蝦仁羹、排骨湯、蚵仔煎等各式小吃，陪著我與父親共度一個個短暫時刻。在那每個時刻，愛書的我往往覺得，「父親」神奇地從鉛字轉印成書頁上可親又可近的楷體字。

時代風流，喜新厭舊，且一點都不留情面，恰如中南——營運七十多年皆屬臺灣規模最大的鑄字廠，最終仍遭關廠命運，我家文具店亦同，因新式書局興起，生意一落千丈，不得不歇業。

由於祖父早逝，家境窘迫，父親沒機會升學，亦未習得一技之長，只能學樣。文具店關門後，他跟著表姊夫做建築工程，跑工地監工，其後又隨中南鑄字廠轉型成知名腳踏車的零件供應商，開起衛星工廠，與轟隆隆的機器為伍，沒日沒夜。

父親學樣像樣，更儉省自己，只為讓我們過上好一點的日子。

直到家裡四個小孩都出社會，工廠機器依然日夜不停隆隆作響。我上班兩年後，厭煩朝九晚五，又覺職場迷宮般曲曲繞繞，不想總那麼小心翼翼還碰壁踩雷，便率性離開，成為收入極其不穩定的文字創作者，然而，父親從未對著與他們同住的我，說過一句「你該好好出去工作」這類的話。

而我，看著他辛勞，看著他儉省，卻從沒真正體會到那是種什麼樣的辛勞與儉省，直到他因心肌梗塞送急診，轉加護病房，稍穩定後，卻發現罹患胰臟癌，很快撒手離開我們。

整理父親的物品時，他的帳戶幾無存款，口袋僅有數百元。

姊姊到牙醫診所取回他的假牙，牙醫告訴她：父親覺得做假牙太貴，遲疑許久才下定決心取模，假牙剛做好，沒想到來不及了。

父親哪！你儉省著不肯做假牙，那些時日，最愛的小吃是否也食來無味？

我是直到當時轉身回望，才懂他是究竟如何寫出「父親」的筆畫，那一撇一捺皆氣力用盡，那一橫一豎皆頂住重壓，難怪成鉛字一般！

以往，總覺得與父親不夠親，但他走後，一年一年、一次一次，我發現自己與他實在太像。

好比我和他一樣有個鹹食胃。

好比我也總能循著一絲飄香找到美食。武昌街城隍廟旁巷子內的日本料理，關東煮夠味、生魚片鮮甜；衡陽路深巷的搶鍋麵四吃，一吃原味，二嘗蒜味，三加白醋，四添辣油，層次豐富；永和樂華夜市附近的川味麵食館，酸豆角、蔥白耳絲、麻辣豆干絲、川味涼粉、海帶根等各式小菜最是引人；新莊廟街以油蔥與芹菜提味的米苔目滑溜順口，又有品項少見的黑白切……

每每發現一處好吃的，我會領著家人前去品嘗。

「這是老爸最愛的生魚片。」

「米苔目的話，老爸一定點乾的，豬心頭、豬尾巴這些黑白切，他會吃得很過癮。」

「海帶根可能酸了點，不過抄手應該很對他的味。」

「吃搶鍋麵，他會和我一樣加很多、很多蒜末。」

我總這般想著。

而延三夜市的原汁排骨湯呢？大塊蘿蔔如白玉，大骨肉軟嫩中帶筋、帶膠質，我想他也一定會笑著用臺語對老闆說：「一組。」再加小卷、黑輪等小菜，吃個精光後不忘續上一碗熱湯。

捧著生態瓶去吃高麗菜飯、排骨湯的數日後，我外出辦事，回家途中到無包裝商店買物，肩背購足的沉甸甸食材等公車時，抬頭一看，藍藍的天，又見白晝之月。

我凝望著，再一次，想起父親。

10年後的麵包香

那日微寒，走入城南的「蔡萬興」；老店裡，有著歲月。

來參加「城南小點」講座活動，老師妙語如珠，一盤盤珠玉般小點也一一端上，讓老舊的桌都燦亮了。於玫瑰酥糖、黑麻酥糖、南棗夾核桃、香酥鍋巴後，工作人員端來一個小盤，盤上顫動著一塊亮澤雪白，是倫教糕！

味蕾忽而冒起倫教糕的酸與甜，歲月也忽兒回了頭。

當我還是個小女孩時，母親常攜著我與姊姊逛西門町，在「生生皮鞋」添購鞋子，到「第一百貨」、「今日百貨」挑衣飾、看時尚。小孩兒哪懂什麼叫時尚，媽媽逛得興頭，忽略我們，無聊堵得心頭發悶，又或身上洋裝的蕾絲搔人刺癢，讓心底也冒了刺、生了毛，便開始跟媽媽鬧脾氣。

「下次不帶你們來了！」媽媽的態勢也被火氣鍛灼成鋼，偏偏在一轉身看到吸引她的商品瞬間軟化，露出笑臉又逛起來，卻沒忘朝著博愛路的方向走去，最終領我們到了「世運點心」。

雪白倫教糕就在架上，旁邊還有著林林總總的麵包、點心。日式豬排、雞肉蔬菜、芝士火腿等三明治，都是吐司夾上配料後切成長塊狀並排，以看得到內餡的切面示人；檸檬蛋糕穿著一身豔黃，上頭以綠字標示出「法國式點心」；幾乎能反光的光潔小袋中，裝有巧克力杏仁脆片、杏仁千層酥、杏仁瓦片、香草核桃等各式餅乾；冷藏櫃裡一個個以奶油塗面、上妝的生日蛋糕爭奇鬥豔；另一頭熱鬧冒著蒸汽的，是蘿蔔糕、海棠果、蟹黃燒賣、叉燒包等港式點心，還有滷汁添了沙茶醬的豆干、豬血糕、雞腿等噴香滷味；而一盒盒豆皮壽司與小黃瓜壽司捲，則安安靜靜層疊在一角。

對一個孩子來說，這根本是目不暇給的萬國博覽會，心裡只管不斷納入麵包與點心的模樣、色彩、香味，哪還有空間給悶氣停駐呢？

在這萬國博覽會中，我和媽媽、姊姊都喜歡招牌奶油泡芙。這泡芙巨大，點了，當場才填入餡料。一口咬下，先遇上表皮外層的香與脆，接著是表皮內層的酥與鬆，然後，香香、滑滑、濃濃、甜甜的奶油一湧而來淹沒所有。

然而，博覽會無法天天看，奶油泡芙無法天天嘗，尋常日子，就在家附近名喚「李味香」的小店買麵包。

當時人們的早餐多以稀飯搭配肉鬆、醬菜，或以燒餅油條、飯糰搭配豆漿，不時興吃麵包。麵包，屬於午後的點心。

有時，我抓了錢奔出大門，向左一拐跑啊跑啊跑，跑到街角橫霸著「三角窗」、店門大敞的五金店，左轉，再跑啊跑啊跑，總要到了「柑仔店」才緊急煞車，興沖沖玩一下戳戳樂，買一根包著豔紅話梅的麥芽棒棒糖或其他，接著再一路跑向街尾，一頭栽進麵包香。

有時，我與姊姊上完鋼琴課，腦子還隨著節拍器答答答響著節奏，一邊將琴譜頂在頭上，張著雙手練習平衡走，就這樣走向麵包香。

有時，奶奶領我們到市場吃上一碗綠豆粉圓，儘管齒頰還殘留粉綠豆的碎屑與碎冰喀啦喀啦、粉圓咕嚕咕嚕的口感，卻仍無法滿足，還是拉著奶奶鑽入麵包香。

「李味香」是間傳統麵包小店，出爐時分，麵包都放在高高鐵層架的鐵盤中，一個鐵盤一個種類：菠蘿、克林姆、紅豆、椰子、花生、香蔥……除了香氣四溢，每個麵包都油油亮亮，像一張張精精神神的小臉蛋。

我是個不挑食的小孩，除了超越所認知的「食物」，如兔子、飛鼠這類之外，什麼都吃得很開心。

花朵狀花生麵包帶顆粒的餡料，讓人味蕾也開出花；盤捲狀椰子麵包，椰絲清香也在鼻腔內盤盤捲捲；菠蘿麵包若分趁熱與放涼兩種吃法，便能享有表皮酥脆與軟綿兩種口感；細嚼紅豆麵包，可捕捉到表層白芝麻細微卻深厚的香……

但或許由於父親自我們小時，就愛帶著家人吃臺式小吃，因而養成我的鹹食胃，所以，特別愛的，是蔥麵包。

剛出爐的紡錘形蔥麵包，金黃油亮，中央塗了美乃滋之處撒著青綠蔥花，某些蔥花邊緣更略帶焦黃，還沒入口，那鹹香氣味，已大大滿足我的胃。

前些時候，母親大病一場，住院整整一個月。一日陪病，中午時分到醫院外覓食，穿過小巷走得遠些，不意撞見巷尾竟有家世運分店。彼時，大手術後的母親已從加護病房轉普通病房，能自由吃食了。我走入店內，見到架上陳列著法棍、雜糧等諸多歐式麵包，已不復以往模樣，幸而，港式點心、臺式滷味、壽司還是有的。

問店員有沒有泡芙，對方確認「要幾個」之後，端出脆皮，現場填入滿滿餡料。

母親看到泡芙，顯出病中難見的興奮，喜孜孜慢慢品嘗，還說隔日想懷念一下豆皮壽司的滋味。不知，她是否因此回憶起那段愛逛街的年輕媽媽時光。

而我，倒是又想起了我的萬國博覽會，連同著，午後的麵包香。

11 天貝人生記事

天貝告訴我：紙箱，也有記憶！我從不曾想到「紙箱也有記憶」，但怎會錯呢？

不知何時開始，我便直想著學會養天貝，偏偏等待開課期間，世紀大疫突然進逼，人們不得不以軟封城防禦，實體課及活動盡皆肅靜、悄然不動，數月後，城才終於有了開口，得令人奔往想去之處。

習得的養天貝方法，令我這講簡省之人打心底喜歡，竹編盒、植物葉片、現有玻璃等容器、再生紙箱，頂多添一只用以大致掌握天候狀況的溫溼度計，其餘不必，再來就是豆子、米穀、天貝菌粉而已。

將豆子微微酸化後，煮到粒粒分明卻掐彈可破，於不脫膜狀態下風乾或焙乾，布菌，盛裝於容器，置入紙箱，營造適合的微氣候，微生物就會幫忙養成天貝。

天貝寶寶往往以溫度與香氣告知：我漸漸長大囉！

溫度，摸摸紙箱底部，倘若微微發熱，那就對了；香氣，有時不顯，有時卻充盈流布成瀑布，刷刷刷激揚嗅覺。

一次，約莫是養三天的天貝，連綿雨季，溼氣充盈。我走路去看個電影，兩個多小時後返家，一開門，天貝香氣竟淌成一條河，自二樓一路奔流到一樓，竄入鼻息；生平哪次曾感受過如此強大的香？

溼度太重了，急奔上樓，匆匆開紙箱，讓熱氣、溼氣蒸散，一會兒，便收成天貝，放入冷凍庫。

溼度，是天貝生命之鑰其一。倘若溼度不足，天貝極可能長不好，假使溼度充沛，天貝長成一身白絨絨的，或雲絮狀，或喀什米爾羊的長毛狀。然而，成也溼度，敗也溼度，僅在一線間，如果疏於照看，往往再難掌握，甚至毀於一旦。

而我最感奇妙的，就是那紙箱確確實實有了記憶，此後再用它養天貝，由於溼度好像總高些，因而比起其他紙箱裡的天貝，都要長得快、長得美、長得好。

是啊，紙箱曾是樹，自然如同記得風、記得陽光、記得雨水般，記住了溼氣，留存於身體中。

真不曾想過，養天貝有這些迷人處，更萬萬沒料到，竟能聽天貝說話，開始學著參透存乎一心的奧妙。

想起一回到英國人家中作客，主人一邊忙著料理，一邊笑說東方人做菜不科學。見他又是計溫度，又是計時，又是計量，我大概知道他說的是什麼。

英國人自然講科學，工業革命起自該國，殖民主義的船堅炮利他們也有一份，就連新冠肺炎疫情初始，有人笑其佛系防疫，後來得證他們孜孜矻矻累積數據、研究分析，做的是科學防疫。

科學明明敞敞，有著一是一、二是二的準確，乃西方精神，截然不同於東方文化的迂迴婉曲，那些火候哪，調味料適量哪，隱而不宣的獨門祕方哪，對西方人來說不免隱晦難解，然而豈不因為如此，才有了在園林彎來繞去，空間似無限的樂趣？

養天貝有這等樂趣。

料理天貝也是，天貝要煎得「恰恰」，表面金黃最好微帶焦，灑點海鹽、胡椒，便足夠美味，同時可做無窮變化，或煮、或炒、或燉、或燴，或做咖哩、製米漢堡、夾麵包、搭沙拉。

一次，品嘗美味時，我想起自己究竟怎麼起了養天貝的念頭呢？因為阿麗嗎？

天貝來自印尼，關於起源有不同說法，我愛其中那個偶遇的故事：人們將黃豆蒸熟後，以黃槿葉包覆，一不小心放太久，葉上微生物戀上豆子，以純白情絲纏纏綿綿、緻緻密密裹成了愛的滋味與芬芳。

而這食物究竟如何來到這裡？想來該與市場上可見的刺芫荽、香蘭等東南亞食材一樣，因移工、移居者來到，出於想念，所以帶進蓬勃於故里的植物，做起尋常於家鄉的美食，讓我們生活也流布了熱帶的色彩與味道。

阿麗，就來自東南亞，我家第一位印尼妹妹。

彼時，母親因急性心肌梗塞造成心臟瓣膜剝離，緊急動過大刀後，出院路迢迢，阿麗適時來到。她滴溜溜的大眼透著聰慧靈巧，俐落的身形盡顯勤快能幹，更難得能安人心。母親由於病苦，常哀嘆落淚，阿麗總對她說：「阿嬤別哭，這樣，我會想起在印尼的媽媽，心很酸、很想哭，因為我的媽媽身體也不好。」

母親終能出院返家，但心臟功能僅剩常人百分之四、五十左右，醫生建議最好散步復健，阿麗陪她日日逐步拉長距離與時間練走。母親極易胸悶氣喘，阿麗更總能在我們趕到前，以穩妥之姿定住母親那顆慌亂的心。

阿麗離開後，一次，母親說到這位妹妹曾到印尼商店買回天貝，煎得金黃噴香，加上許多印尼辣椒醬。「我吃了一塊，好香、好好吃。」

是否由於母親提及這件事，想養天貝的念頭才悄然潛入我心？

不久，我們聽說阿麗逃跑了，她離開時忘記帶走的一雙淺咖啡色涼鞋，再無機

白絨絨天貝若喀什米爾羊毛

酒釀風味米天貝

會來拿。逃逸後，阿麗唯一傳來一則訊息，短短幾字，決斷的命運：「姊姊，我被抓了。」

直到那時，我才開始想著一位逃亡的移工，可能背負什麼？

阿麗的母親病弱，她身為長女，其下有弟弟，只是他們認了長姊若母能撐起所有，只管放手清閒去。

阿麗還扛著夢，一點點攢錢期盼返回印尼蓋新屋，與男友結婚成家。只是，就在阿麗離開我家前，確認了那人並非真心，圖的只是賴著她閒散快意度日而已。於是分手了嗎？我們不敢問，唯有她的悵然若失、悄然落淚似已給答案。

而所有移工皆相同，為前往他國，往往得背負貸款，一旦工作期滿，返回母國再來，一樣必須雙邊支付龐大仲介費，無法看著日日辛苦存下的一點錢就這樣被鯨吞，甚至背債，終致出逃。

阿麗的奔逃之路恐怕特別難行，伴著情傷，她為人所負的真心定要日日裂成碎玻璃，一路扎著腳。不知返家後的她，見著故鄉景色，吃到故鄉食物，傷能否漸好全？

箱裡的天貝又對我說話了：嘿，我快變老了喲！

老天貝會布滿黑孢子而一身黑，遠不如白絨絨的討喜，卻能凝縮為深邃蕈菇味及香氣，是微生物的奧妙啊！始終默默工作著的微生物。

阿麗這般移工，豈不好似那些微生物？難以被看見，卻始終有著默默的承擔，還用盡全力催化馥郁芬芳。

從帶記憶的紙箱取出老天貝，以苦茶油小火慢煎，色濃味厚，加豔麗辣椒醬，不知阿麗是否喜歡？

12 花，吃掉了什麼呢？

那個小女孩總是那麼安靜。

上課、下課、放學，都安安靜靜的。即便在家裡文具店擠滿小學生的喧鬧時刻，她也安安靜靜守在一隅，滴溜溜轉動眼珠子防著偷書賊，一邊幫客人找商品、報價、包裝、結帳。

文具店生意閒淡時，安靜為她在店後方開張一間「一人獨享神奇書屋」，《安徒生童話》、《伊索寓言》、「福爾摩斯全集」、《塊肉餘生記》、《金銀島》……令她即便隔天要月考，仍流連其中。

安安靜靜很好，但小女孩偶爾也想讓花吃掉一點點安靜。

什麼花能吃掉安靜呢？該只有曇花吧！

祖母種的曇花，每當開花時，就像慢慢、慢慢張大嘴巴要吃掉些什麼。平日即便晚間也往往在外忙碌的爸爸，會撇開諸事，慎重將曇花搬到客廳；總打理著文具店一切的媽媽，會早早煮了飯，催四個小孩吃飽飽、做好功課；早睡的祖母也延遲入眠時間，與大家一起團團圍著曇花坐定。這讓小女孩覺得所有家人都陪她齊心一力，打心底呼喚著曇花：「張開嘴吧！張開嘴吧！」

曇花聽話，先微張小嘴，再緩緩、緩緩愈張愈大，最後，華麗無比地開口至令人驚嘆程度，開始吃掉安靜；而那一個個被咬出的缺口便爆出歡聲笑語。

曇花吃飽了安靜，漸漸闔上嘴巴，這時，祖母便拿來剪刀，剪下飽含靜謐的花朵，加上冰糖，燉成甜甜曇花羹。曇花羹滑入口中，安安靜靜的，卻又隱隱帶著歡愉跳動。

後來，小女孩長大了，在工作兩年後的四月天，飛往東京念書。

初到時正逢櫻花盛開，女孩搭著JR電車，車窗外，河岸的成排櫻花樹，枝頭繁花如織錦，風動，櫻色花瓣自錦緞中飛出，紛紛、曳曳。

日語，正如日本文化有著繁縟細節。課堂上，老師辨析著種種細節，也帶學生練書寫。有堂作文課寫詩，女孩寫畢，老師看了對她說：「你的詩很有中原中也的風格。」

中原中也嗎？女孩的學校在高田馬場，她到車站旁的芳林堂書店，問店員找了一本《中原中也詩集》。

櫻花

詩句如櫻色花瓣，紛紛、曳曳。

櫻花季短促，幾乎在一週內花兒便落盡，花瓣飄到水面，「花筏」隨波而去，轉眼成空。

女孩返臺後，年年到日本旅行，一年春日再訪，錯過櫻花季，櫻花樹枝頭已冒出新綠。

些微惋惜、絲縷惆悵，她走著，和風拂面，金陽燦然，她想起中原中也關於春風的那首詩。

是日又吹起金色的風
大風裡銀鈴響
是日又吹起金色的風
宛若女王冠冕……

金風中，女孩走到地鐵站旁的街角，發現一間小麵包店，櫥窗裡躺著圓圓的櫻色麵包，上頭綴有紫粉色鹽漬櫻花。

推開小麵包店的木門，叮鈴一聲，銀鈴響！女孩買走一只櫻花麵包，和著切細鹽漬櫻花瓣的麵包，輕咬一口細細咀嚼，嚼出滿樹櫻花香；再大口些，柔滑的藕粉色卡士達內餡，開出朵朵酸甜之花。

再後來，早生華髮的女孩鬢更見星星，肩上頂著同齡人都有的負累，沉沉。

一日，移居高雄的友人寄來南國陽光，陽光包裹著細細小小的黑種子——洛神花小小孩。

友人說，洛神花極好長，亦不需索照料，清明前後種下便可待秋日收成。

鬢已星星的女子想起與父母同住時，房子的大露臺養著母親的各色盆栽，九重葛桃紅花朵最是豔麗；漸長的小樟樹葉碧如玉；九層塔深紫綴淺紫與嫩白的塔狀花清雅秀美……只是，當時她無心園藝，僅每每在傍晚時分，以橘黃塑膠長管接著水龍頭胡亂灑水一番。

洛神花當真好種嗎？女子凝望著伸長的十指，心想不知能否召喚瑩瑩綠光附於其上？

她買來一個盆，向種菜的鄰居太太要來一袋土，於春日撒下那把黑種子，覆上薄土，澆透了水。

約莫盆太小，最終只發出一株洛神，高高、挺挺地長著。

然而，女子不知盆栽泥土，最好用發泡濾石襯底，並將珍珠石、椰纖等介質與土均勻混和搓鬆使其具有孔隙，才利排水，因此，時日一久，土硬得拍打竟也有聲，彷若聲聲喝斥著，不肯讓水有路可走。

女子手執小圓鍬一鏟一鏟連敲帶打，起初全無動靜，慢慢的，鏟出小窪，鏟出泥土噴飛。

這般土法煉鋼，終究通了泥土血脈，血脈竄連至枝條，凝結出閃著豔澤的洛神花。

洛神花果真是「必得通」嗎？採收後需稍稍切除花萼底部，用筷子自那開口處往上頂，以「通」出淡綠色果實。

女子將果實曬乾，而後熬煮洛神花萼，加糖與吉利丁粉，冷卻冰藏。那洛神花果凍嘗來甘芳爽快，彷若能通筋骨沉鬱。

這個夏，滯悶難耐的夏，兩鬢更添霜白的女子行經水澤，穗花棋盤腳花開正盛、望著如煙似霧的花，望著墨黑晶亮水面，過往繁花，就這樣一一映現其上；吃花！而花，又吃掉了什麼呢？

野薑花展翅生香

女子往前走，走過一大片比人還高的野薑花。
野薑花哪，脆而嫩，有著過分的香。

後記——澄與純

多年前，一次造訪京都，在清水寺的竹棚下初次與湯豆腐相遇。湯豆腐僅用昆布熱湯燜就，再沾以醬油為基底的溫熱醬汁品嘗。我單吃一口豆腐，滑嫩中蘊蓄著濃濃豆味、優雅豆香，還有餘韻悠長的甜。才一口，就讓人願意將醬汁和柴魚花、柚汁、蔥花、薑末等配料全都捨了，只慢慢優游於豆腐的真滋味。

我的味蕾與湯豆腐，毋需招呼，不用磨合，一拍即合。怪的是，自小到大，我的味覺經驗絕非素淡如一抹湯豆腐的白，反倒像拼盤多彩。

由於兩位姑爹家中經營鑄字廠，生意往來常至酒家宴飲，連帶的，家族到酒家聚餐的機會繁多。最記得北投的熱海大飯店，榻榻米包廂、日式拉門、豪華圓桌、桌上裝飾縟麗的大菜，還有一旁演唱的那卡西藝人。

母親巧手獨具，凡在外頭吃過的菜色，回家後都能憑味覺和記憶復刻鮮活，因此，魷魚螺肉蒜、排骨酥、雞捲、紅糟肉、烏魚子、佛跳牆等菜色，是我家的尋常飲食。

還有，母親愛到臺北仁愛路的忠南飯館用餐，於是，紅燒獅子頭、回鍋肉、麻婆豆腐、豆瓣魚等外省菜，也自然而然存在我們的飲食生活。

至於川菜、粵菜、北方麵食、雲南滇緬菜、客家菜、日本料理、西餐……亦都是母親有機會嘗到，覺得好吃，我家餐桌的菜單便很快添上新的一筆。

而父親最喜小吃，他帶我畫了一張滷肉飯、乾拌麵、牛肉麵、水餃、蚵仔煎、排骨酥麵、鱔魚麵、蝦仁羹等各式小吃的美味地圖。至今，我仍攥在手裡。

這般味覺經驗，似乎該養出一張習於濃郁、繁複口味的嘴，其實不然，能令我盤桓再三的，總是最單純的食材原味。

為了什麼呢？

或許由於飲食能直指性情，但還有其他。

我在飲食書寫中得到爬梳，有了答案。

原來，我最在意的是孕育著食物的土地及環境。

身為兒童文學作家的我，從一個懵懂的吃貨，機緣巧合，寫了土地正義主題的兒童小說《守護寶地大作戰》，因而開始思及食物與土地的關係，也開始以飲食守護土地及環境的學習與實踐。

應該由於如此，我特別享受品嘗每口蘊蓄了土地、大海等自然本色的食材滋味，更十足珍惜。

對我來說，飲食是撫慰、是情感、是風土、是歷史、是人文，更是生命。

那日，至城裡辦事，回程經過仁愛路圓環，過馬路時一眼看見敦化南路人行步道的兩排綠樹綿延似無盡。我原不往那個方向，卻被引著走了過去。

剛過中午，陽光煦煦傳遞熱力，兩旁的臺灣欒樹展姿秀逸；枝椏間，不時落下鳥囀，如風鈴在風中輕輕磕碰出串串脆亮；野草蓬勃生長、野花恣意開放，地裡的微生物歡快工作。

就這樣一路走去，不由得想起以飲食守護土地與環境的學習過程中，曾去了趟南法，有幸認識《上下游副刊》的古碧玲總編輯，返臺後不久，便獲得她邀約散文稿。一開始，我寫自然，漸漸的，也開始寫飲食，後來，兩者好像分不開了；原來，飲食與自然原本相生相長於我的日常。

為《上下游副刊》寫了兩年多的散文後，又幸運獲得九歌出版社陳素芳總編輯邀約散文書稿，最終有了這本飲食書寫之書。素芳總編曾說，她很喜愛我的許多篇章，因其中帶有少見的澄與純。

澄與純，想來全都是大自然的給予。

續走於綠樹夾道、生機盎然的自然路上，想感謝每位引路者，感謝路上的每一棵樹、每一株草、每一朵花、每一個生命；不管多麼微小的生命，都與我相牽、相繫、相連！

周姚萍　於二〇二三年九月

九　　歌　　文　　庫　　　　　　　　　1　4　1　7

戀戀食光

國家圖書館出版品預行編目（CIP）資料

戀戀食光／周姚萍著 . -- 初版 . -- 臺北市：九歌出版社有限公司，2023.11

240 面；14.8×21 公分 . --（九歌文庫；1417）

ISBN 978-986-450-611-8（平裝）

863.55　　　　112016534

作　　者——周姚萍
責任編輯——鍾欣純
創 辦 人——蔡文甫
發 行 人——蔡澤玉
出　　版——九歌出版社有限公司
臺北市 105 八德路 3 段 12 巷 57 弄 40 號
電話／ 02-25776564・傳真／ 02-25789205
郵政劃撥／ 0112295-1

九歌文學網　www.chiuko.com.tw

排　　版——綠貝殼資訊有限公司
印　　刷——晨捷印製股份有限公司
法律顧問——龍躍天律師・蕭雄淋律師・董安丹律師
初　　版——2023 年 11 月
定　　價——380 元
書　　號——F1417
I S B N——978-986-450-611-8
9789864506163（PDF）